ENFIN 13 ANS!

La collection Rose bonbon...
des livres pleins de couleur,
juste pour toi!

Anna.
905.760 - 16 31

ENFIN 13 ANS!

Helen Perelman

Texte français de Louise Binette

Catalogage avant publication de Bibliothèque
et Archives Canada

Perelman, Helen
Enfin 13 ans! / Helen Perelman ;
texte français de Louise Binette.

Traduction de: Super sweet 13.
Pour les 9-12 ans.

ISBN 978-1-4431-1448-6

I. Binette, Louise II. Title.

PZ23.P469En 2011   j813'.54   C2011-901869-1

Édition publiée par les Éditions Scholastic,
604, rue King Ouest, Toronto (Ontario) M5V 1E1.

5 4 3 2 1   Imprimé au Canada   121   11 12 13 14 15

Pour maman et papa

*Un merci spécial à mes conseillers et spécialistes du « 13 »
(anciens et futurs) : Jessica Perelman, Andrew Perelman
et Sam Spector. Et à la gentille et charmante Shannon Penney
pour son aide précieuse durant la planification
de cette super fête.*

CHAPITRE 1

Dès l'instant où j'entre au Café Riviera, je sais que c'est l'endroit idéal où organiser la méga-fête de mon treizième anniversaire.

À la journée Carrières du mois dernier, la mère de Kara Miller nous a expliqué comment son entreprise hors du commun se chargeait de planifier des réceptions, soulignant qu'elle pouvait sentir les vibrations d'un lieu dès qu'elle y entrait. Je comprends ce qu'elle a voulu dire à la seconde où j'arrive dans la salle du Riviera.

— Regardez cette immense piste de danse! dis-je en apercevant l'aire ouverte. C'est exactement ce que je veux! N'est-ce pas fantastique?

Je me retourne vivement et souris à mes deux meilleures amies, Lara Amyot et Bianca Sanchez. Elles hochent la tête pour manifester leur accord tandis que je virevolte au milieu de la piste. Il n'y a pas de musique, mais je peux imaginer le battement rythmique s'échapper des haut-parleurs et résonner dans la pièce.

— Vous avez vu toutes ces lumières? demande Bianca. On se croirait sur une scène!

Elle déambule sur la piste, les yeux au plafond et la bouche entrouverte. Je ne peux pas m'empêcher de rire.

— Et venez voir les canapés! lance Lara d'une petite voix aiguë en se laissant tomber sur une somptueuse causeuse rouge. Ils sont absolument divins!

— Cet endroit est parfait! dis-je.

Lara me rejoint sur la piste.

— La fête de ton treizième anniversaire sera la plus réussie de toutes, chantonne-t-elle.

Je lui prends la main et la fais tourner tandis que Bianca s'approche en dansant.

Comme Mme Miller, les organisateurs de réceptions connaissent tous les endroits chouettes où tenir un événement, ainsi que les détails qui en assurent le succès. Kara a eu droit à une fête sans pareille lorsqu'elle a eu 13 ans. Elle a deux ans de plus que moi, mais la sœur aînée de mon amie Marianne Rompré m'a tout raconté. Elle m'a décrit l'orchestre incroyable (il a déjà joué dans un gala télévisé), et les deux robes que Kara a portées durant la soirée.

Si seulement je pouvais compter sur quelqu'un comme ça pour m'aider à planifier la fête de mon treizième anniversaire!

Mais je n'ai que mes parents. Et ils ne sont pas du genre à organiser des réceptions.

Vraiment pas.

Une soirée somptueuse, pour ma mère, c'est troquer ses « tongs » contre de vraies chaussures. Quant à mon père, il est convaincu que la pizza est le mets idéal à servir lors d'une fête.

Vous comprendrez donc que, pour mon treizième anniversaire, c'est à moi de prendre les choses en main.

Après tout, 13 ans, c'est différent.

Treize ans, c'est le début d'une toute nouvelle vie.

Et afin de marquer cette étape, je veux une fête. Une grande fête avec de la musique et de la danse, de la nourriture raffinée et des invités bien habillés. Pas de tongs. Pas de jeans. Pas de pizza. Puisque je n'ai pas d'organisatrice, je dois faire toutes les recherches moi-même. J'ai passé la majeure partie du congé de Noël plongée dans des magazines et des sites Web, à consigner l'information recueillie dans mon cahier de planification violet.

De là où je me trouve, j'aperçois ma mère dans

l'embrasure de la porte, qui discute avec la gérante du Riviera. J'espère qu'elle trouve aussi que c'est l'endroit parfait.

— Alors, qu'en penses-tu, Cassandre? demande-t-elle en s'approchant.

— J'adore! Pas toi?

Je retiens mon souffle.

Ma mère approuve d'un signe de tête.

— Cet endroit semble offrir tout ce que tu recherchais, dit-elle en promenant son regard autour d'elle. Une vaste piste de danse, des lumières scintillantes, et le restaurant n'offre pas de pizza.

Elle a raison : ce sont mes trois principaux critères. Je veux m'assurer que cette fête d'anniversaire sera plus sophistiquée que celles que j'ai eues dans le passé, au cours desquelles mes amis et moi nous rassemblions chez moi, au sous-sol, et mangions de la pizza et du gâteau à la crème glacée. Cette année, je veux autre chose.

Je bondis vers ma mère et la serre dans mes bras.

Dans un endroit comme celui-ci, pas de doute, ma fête d'anniversaire sera parfaite.

Le lendemain matin à l'école, j'entre dans la classe d'anglais en compagnie de Lara et de Bianca. Nous n'avons que deux cours ensemble : anglais et études sociales. Heureusement, à l'heure du dîner, nous pouvons discuter des nouvelles du jour.

— Il paraît que la fête de ton anniversaire aura lieu au Riviera, dit Marianne en s'installant à un pupitre derrière moi.

Les bonnes nouvelles se propagent vite, c'est certain.

— Oui, dis-je avec un grand sourire, tout en m'efforçant de parler d'un ton désinvolte.

— C'est là qu'a eu lieu le bal de fin d'année de ma cousine, poursuit Marianne. Savais-tu qu'il y a une machine à bulles? C'est tellement génial!

Hum, une machine à bulles? Je sors mon cahier violet et note ce détail. Il faudra que j'en parle à Sylvia, la gérante du Riviera.

— Bonjour, madame Champagne, dit Alex Sawyer en entrant en coup de vent juste avant la sonnerie.

Il enlève aussitôt sa casquette et la glisse sous sa chaise. Mme Champagne n'accepte aucun chapeau en classe, et il le sait très bien. Il se retourne et me décoche un sourire tout en broches. Contrairement aux autres élèves de 1re secondaire, Alex était très excité à l'idée d'avoir un appareil orthodontique. Il a même choisi du fil métallique bleu, aux couleurs de son équipe de baseball favorite, les Yankees.

Je ne peux m'empêcher de lui rendre son sourire en lui adressant un petit signe de la main. Alex est totalement fou de baseball. Il l'était déjà au jardin d'enfants. On a fait connaissance dans le bac à sable, lors de notre première journée à la prématernelle La Sarbacane (il portait une casquette de baseball, bien entendu). Alex est différent des autres garçons de ma classe : il est réellement mon ami. Je ne deviens pas nerveuse quand je suis avec lui, et je n'ai pas à me forcer pour être cool. Malheureusement, il ne fait pas partie de l'équipe de soccer de l'école comme Grégory Weiss, Romain Sévigny, Malik Lecompte et Dimitri Watier (soupir). Si c'était le cas, je serais également amie avec ces gars-là.

Dimitri Watier est nouveau à l'école Saint-Hippolyte. Il est arrivé en octobre, et j'ai tout de suite eu le béguin pour lui. Il a des cheveux brun foncé dont les mèches retombent sur ses yeux verts. Je le vois trois fois par jour : en anglais, en études sociales et en éducation physique. Au début, je me surprenais parfois à le fixer pendant le dîner (très embarrassant!), et je songeais même à aller lui parler. Puis il s'est joint à la ligue de soccer d'intérieur et a commencé à s'asseoir avec Grégory, Romain et Malik (les garçons les plus beaux et les plus populaires de notre classe!) à l'heure du dîner. S'il s'était assis à côté d'Alex, peut-être que j'aurais pu aller le saluer comme si de rien n'était. Cela aurait été trop beau.

Je n'ai rien dit à Lara ni à Bianca à propos de mon béguin. J'ignore pourquoi, mais j'ai l'impression qu'avouer que Dimitri me plaît rendrait la situation trop réelle, trop bizarre. Je ne veux pas que ça me porte malheur.

Je me suis dit que la fête d'anniversaire serait l'occasion de nous rapprocher. J'adore danser, et je me débrouille plutôt bien. Je suis des cours depuis l'âge de trois ans. J'ai donc imaginé que, sous les lumières scintillantes du Riviera, je marcherais vers Dimitri d'un pas assuré pour l'inviter. Et, bien sûr, il accepterait. Qui ne voudrait pas danser avec la vedette du jour? Tournoyant sur la piste, nous partagerions ce moment magique, comme on le voit toujours dans les films et à la télé. Et il tomberait fou amoureux de moi! (Hé, ce n'est pas complètement impossible!)

Assise en classe, je pense à la liste de noms pliée dans mon cahier. Maintenant que j'ai trouvé le lieu, je vais devoir dresser la liste des invités. Si je veux que ce soit la fête d'anniversaire de l'année, je dois inviter les bonnes personnes.

— Prenez tous vos cahiers, s'il vous plaît, dit Mme Champagne. Nous allons commencer par dix minutes d'écriture.

— Je vais parler du repêchage au baseball, lance Alex.

Mme Champagne lui adresse un regard sévère.

— Lève la main si tu veux parler, je te prie.

Je lève les yeux au ciel. Si Alex pouvait penser au baseball 24 heures sur 24, il serait aux anges. Je souris tout en contemplant la page vierge dans mon cahier. Je ne suis pas mieux qu'Alex : je n'ai qu'une chose en tête, moi aussi. La planification de mon anniversaire! J'ai bien des raisons de vouloir que cette fête soit une réussite.

Je jette un coup d'œil vers Dimitri à l'autre bout de la pièce. Il est penché sur son cahier et écrit.

Raison numéro un.

CHAPITRE 2

— Combien de personnes comptes-tu inviter? demande Bianca.

Elle ouvre son casier et y empile ses manuels.

Après l'effervescence suscitée par la décision de faire la réception au Riviera, je ne suis pas surprise qu'elle veuille s'attaquer tout de suite aux détails importants. C'est Bianca tout craché.

— Je ne sais pas encore, dis-je. Puisque je tiens à ce que les gens dansent durant la fête, il faut qu'il y ait autant de gars que de filles.

— Hum... fait Bianca d'un air rêveur.

Elle rejette ses longs cheveux noirs et lisses par-dessus son épaule et soupire.

Je sais qu'elle pense déjà aux partenaires avec lesquels elle aimerait danser. Bianca est obsédée par les garçons. Elle a plus de béguins que Lara et moi réunies!

— Tu devrais vraiment inviter Romain et tous ses amis, suggère-t-elle.

Ses yeux brun foncé pétillent lorsqu'elle mentionne son nom et ajoute :

— Romain est un excellent danseur. Tu te rappelles comme il a dansé à la soirée de Grégory et Maéva?

Lara et moi approuvons d'un signe de tête. La bar-mitsva des jumeaux Grégory et Maéva Weiss a eu lieu le mois dernier. Il y avait un D.J., et presque tous les élèves de 1re secondaire étaient invités. Maéva a dansé avec tous les garçons (même Romain). Elle était la vedette incontestable de la soirée, tout comme son frère. Avant, j'ignorais même que Grégory savait danser.

— Tu as le béguin pour Romain? demande Lara en donnant un petit coup de coude à Bianca. Je crois que ça porte le nombre de tes coups de cœur à 20!

— Oh, je ne les compte plus! répond Bianca avec un large sourire. Pourquoi me demandes-tu ça? Romain te plaît aussi?

— Eh bien, un peu, glousse Lara en rougissant jusqu'aux oreilles.

Lara a le teint très pâle et lorsqu'elle rougit, tout son corps devient rouge comme une tomate, même

10

ses taches de rousseur! Elle regarde autour d'elle dans le couloir pour s'assurer que personne ne l'a entendue.

— On sait bien que c'est Malik, ton vrai coup de cœur, la taquine Bianca.

Lara devient encore plus rouge.

— C'est vrai. Il est tellement drôle! Il n'arrête pas de me faire rire avec ses blagues.

— Romain n'est pas vraiment mon ami, dis-je doucement, un peu intimidée à l'idée d'inviter à ma fête d'anniversaire le garçon le plus mignon de 1re secondaire.

— Mais tu dois l'inviter! insiste Bianca d'un ton plein d'assurance. Il te salue toujours.

Je lui fais remarquer l'évidence.

— Il salue tout le monde. Il se montre amical, c'est tout.

— C'est exactement le genre de gars qu'il faut inviter à une fête, renchérit Lara.

— Ce sera l'occasion parfaite de tenter de séduire l'élu de ton cœur, continue Bianca. Tu pourrais même danser avec lui!

J'admire l'attitude de Bianca. Elle est toujours très sûre d'elle. C'est peut-être à cause de son expérience de comédienne. L'an dernier, elle a tenu le rôle de Frenchie dans *Grease*, la comédie musicale montée à l'école. C'était tout un exploit pour une élève de sixième année de décrocher un rôle, mais Bianca a beaucoup de talent. Si elle n'était pas l'une de mes meilleures amies, je serais terriblement jalouse d'elle.

J'aimerais bien avoir son assurance. Jamais je ne pourrais me tenir au milieu de la scène et chanter, et je ne pourrais pas non plus marcher vers Romain et l'aborder… encore moins danser avec lui!

Bianca se penche vers moi.

— Je sais que ça ne va pas te plaire, murmure-t-elle, mais tu devrais songer à inviter Dylane, Jordane et Charlie.

Lara a le souffle coupé.

— Bianca! C'est une blague ou quoi? Tu n'es pas sérieuse.

— Je suis tout à fait sérieuse, rétorque Bianca avec un haussement d'épaules. Tu devrais y réfléchir, Cassandre. On pourrait les endurer le temps d'une fête.

Je secoue la tête. Dylane, Jordane et Charlie ont peut-être des prénoms de garçons, mais elles sont cent pour cent filles. En fait, elles forment le trio le plus populaire de 1re secondaire, et le plus snob. Je scrute le couloir pour m'assurer qu'elles ne sont pas dans les parages. Leurs noms ne figurent pas sur ma liste d'invités. Mais alors, pas du tout!

— Romain et ses amis viendraient même si tu

n'invites pas ces trois chipies, dit Lara. À mon avis, tu devrais t'en tenir aux gens que tu apprécies.

— Merci. Je n'avais pas du tout l'intention d'inviter le trio royal à ma fête d'anniversaire, dis-je. Je les vois déjà suffisamment comme ça à l'école.

Je comprends le point de vue de Bianca. Ces filles ont l'habitude de fréquenter Romain et sa bande, mais il s'agit de mon anniversaire.

Bianca lève les mains en signe de capitulation.

— D'accord, d'accord, répond-elle sans perdre son sourire. Ce n'était qu'une suggestion.

— Venez, dit Lara en refermant son casier. Ma mère nous attend. On n'aura qu'une heure pour faire du lèche-vitrines au centre commercial.

— Est-ce qu'on peut d'abord aller s'acheter des frappés aux fruits? supplie Bianca tandis que nous marchons vers la sortie. Je ne peux pas magasiner le ventre creux.

Vingt minutes plus tard, nous sommes assises toutes les trois dans l'aire de restauration, un frappé aux fruits à la main. Je sors ma liste d'invités et la pose sur la table.

Lara y jette un coup d'œil.

— Il faut que tu invites Alex, déclare-t-elle. Le pauvre, il aurait le cœur brisé si tu le laissais de côté.

Je lui lance une serviette en papier.

— Alex et moi ne sommes que des amis. De plus,

il est déjà sur la liste, dis-je en indiquant son nom.

Au même moment, Lara plisse les yeux tout en regardant par-dessus mon épaule.

— Eh bien ça alors! Regardez qui est là! Le trio royal se trouve au comptoir de frappés aux fruits.

Suivant le regard de Lara, Bianca et moi nous retournons. Dylane, Jordane et Charlie sont bel et bien là, toutes vêtues de collants noirs et de robes chandails.

Lara, Bianca et moi ne sommes jamais habillées pareil. Lara a toujours l'air de sortir d'un magazine de mode. Elle arbore des tenues savamment agencées et porte une attention particulière au choix de ses chaussures. En fait, la moitié de sa penderie est remplie de chaussures. C'est une authentique victime de la mode.

Bianca possède un style complètement différent. Sa couleur préférée est le noir, et elle opte souvent pour la mini-jupe assortie à un collant sans pieds. Je serais incapable de porter cela, alors qu'elle est toujours superbe.

Baissant les yeux pour examiner ma propre tenue, je constate que je porte presque toujours la même chose : mon jean favori et un t-shirt à manches longues. Tout ce qu'il y a de plus banal.

Les filles du trio royal ont à peu près la même silhouette. Elles me font penser aux choristes d'un groupe. Quand elles ne portent pas carrément les mêmes vêtements, elles optent pour une tenue semblable. Elles s'envoient sûrement des messages avant de quitter la maison pour s'assurer que leurs tenues seront coordonnées. Ça saute aux yeux.

Tandis que je les observe, le regard de Charlie croise soudain le mien. Son expression est aussi glaciale que l'était ma première gorgée de frappé aux fruits.

Charlie et moi étions amies avant; en fait, elle était ma meilleure amie. Mais c'était il y a longtemps, très longtemps. Nous n'avons plus rien en commun désormais, à part nos cours de sciences sociales et d'éducation physique. De là où je suis installée, je vois ses yeux bruns se plisser et sa bouche maquillée former une moue.

Elle se penche pour chuchoter quelque chose à l'oreille de Dylane… et me montre du doigt.

Je détourne les yeux, prends mon verre et avale une longue gorgée de boisson froide.

— Super, dit Lara au bout d'un moment. Elles s'en vont.

— Elles doivent aller s'acheter d'autres ensembles assortis, marmonne Bianca en ricanant.

Je regarde les trois filles descendre l'escalier mécanique. Contente qu'elles soient enfin parties, je reporte mon attention sur mes amies et sors mon cahier de planification de mon sac. Il est temps de passer aux choses sérieuses!

— Maintenant que j'ai trouvé l'endroit où se déroulera la fête, il me faut un thème.

Je tripote distraitement ma paille, la retirant presque complètement de mon verre, puis la repoussant dans le trou du couvercle en plastique. Je lis une phrase extraite d'un des articles que j'ai collés dans mon cahier :

— *C'est le thème qui donne le ton à la fête.*

— Il y a aussi les centres de table et les cadeaux souvenirs aux invités, fait remarquer Bianca. Grégory et Maéva avaient des animaux en peluche et des ballons de soccer comme centres de table, et ils nous ont remis de jolis chandails molletonnés, tu te souviens?

— Je t'en prie, pas de *Fairytopia!* lâche soudain Lara.

Je ris tellement que je m'étouffe presque avec mon frappé aux fruits.

— Oh, désolée! dis-je une fois que j'ai repris mon souffle.

Bianca paraît perplexe. J'oublie toujours qu'elle n'était pas avec Lara et moi au début du primaire. Je pose ma main sur son bras et lui explique.

— En première année, j'étais un peu obsédée par la Barbie de *Fairytopia*.

16

Je secoue la tête et souris.

— On se ressemble tellement. Tu ne trouves pas?

Avec mes cheveux bruns ondulés et mes yeux bruns, je n'ai pas la moindre ressemblance avec Barbie ni avec Élina, son personnage dans la série *Fairytopia*. Mais quand j'avais six ans, je me prenais carrément pour elle.

— J'ai porté le même t-shirt *Fairytopia* tous les jours pendant des mois pour venir à l'école. Mes parents se sont prêtés au jeu. J'insistais même pour qu'ils m'appellent Élina.

— Ça alors, s'étonne Bianca en souriant. Je n'aurais jamais cru que tu étais du genre à jouer à la Barbie.

— Eh oui! Mais rassure-toi, c'est fini.

Bianca fronce le nez.

— Moi, je raffolais des Bratz, répond-elle.

Elle se cache le visage dans ses mains.

— Et j'en ai gardé quelques-unes dans une boîte qui se trouve toujours dans ma penderie! avoue-t-elle.

Nous éclatons toutes de rire.

— Hé, regardez, dit Bianca d'un ton plus sérieux. Romain, Grégory et Malik sont ici, eux aussi.

Je regarde dans la direction qu'indique Bianca et aperçois les trois garçons en train de manger de la pizza à l'autre bout de l'aire de restauration.

17

— Est-ce qu'on devrait aller les saluer? demande Bianca avec un air de défi.

Lara devient toute rouge, et je secoue énergiquement la tête. Envoyer une invitation à ces garçons est une chose, mais se diriger vers leur table au centre commercial en est une autre!

— Bianca! glapit Lara. Tu parles sérieusement?

Bianca incline la tête.

— Pourquoi pas?

Je pourrais trouver un millier de raisons, mais apparemment ce n'est pas le cas de Bianca. Elle se lève et se dirige droit vers la table des garçons! Mais juste au moment où je crois qu'elle va leur adresser la parole, elle bifurque vers la grosse poubelle orange et y jette son verre de frappé aux fruits.

— Bien joué, dis-je en riant lorsque Bianca se rassoit à sa place.

— J'y serais allée, réplique-t-elle d'un ton faussement détaché, si vous étiez venues avec moi!

Tandis que nous les observons (mine de rien, bien sûr), les garçons se lèvent et se dirigent vers l'escalier mécanique. Ils disparaissent dans un méga-magasin de musique au premier étage.

— Que dirais-tu d'un thème musical? demande Lara, soudain inspirée.

— C'est une idée formidable! approuve Bianca.

Elle adore la musique. Non seulement elle a

interprété des rôles importants dans des comédies musicales à l'école, mais elle joue également du piano et du violoncelle. J'ai déjà pris des leçons de piano, mais je ne lui arrive pas à la cheville. Bianca est douée. Elle peut s'asseoir au piano et jouer une chanson qu'elle vient d'entendre à la radio.

— Tu pourrais fabriquer des notes de musique et utiliser des photos d'instruments comme centres de table, poursuit-elle. Et tu pourrais graver un CD comme cadeau souvenir!

Je réfléchis pendant une minute.

— Oui, c'est une bonne idée. Mais ça ressemble à toi, pas à moi.

Lara et Bianca hochent la tête.

— Et si tu t'orientais vers le magasinage? suggère Lara. Tu pourrais disposer sur les tables des sacs remplis de vêtements et d'autres trucs cool.

— Ça, c'est tout à fait toi! dis-je en riant.

Lara hausse les épaules.

— C'est peut-être ce que je ferai à ma fête d'anniversaire, si j'en ai une.

Elle fait la moue et se plaint :

— Je déteste être la plus jeune de la classe. Je serai en 2e secondaire quand j'aurai 13 ans!

— Les films, peut-être? propose Bianca en revenant aux idées de thèmes. Tu adores le cinéma!

Elle a raison, j'adore les films, surtout les

comédies romantiques. Plus c'est à l'eau de rose, plus j'aime! J'ai toute une collection de DVD sous mon lit. L'automne dernier, quand j'ai eu la grippe, je les ai tous évalués et étiquetés. Par exemple, j'accordais quatre cœurs à un excellent film sentimental, et un cœur à ceux qui étaient seulement potables.

J'ouvre mon cahier à une page vierge et note l'idée du thème des films. Ce n'est pas parfait, mais c'est un début.

— Mais que mettrais-tu comme centres de table? Et qu'offrirais-tu comme cadeaux souvenirs? demande Lara.

Elle plisse le nez.

— Et si tu optais pour un thème de vacances? Tu pourrais fabriquer un centre de table en rapport avec le ski, puis un autre avec la plage…

— Hum, peut-être, dis-je en notant cette idée-là aussi.

Mme Champagne nous répète toujours que prendre des notes est une étape importante dans une séance de remue-méninges. Je tapote mon cahier avec mon stylo. La liste est courte pour le moment, et je n'entrevois aucune possibilité satisfaisante.

— Les animaux, ça te dirait? lance Bianca d'un ton enjoué. Tu les adores. Surtout les chiens. Cela pourrait être très mignon. Tu pourrais faire agrandir une photo de Barney!

Barney est mon berger allemand. C'est le chien le plus gentil au monde, et je l'adore. Nous l'avons acheté quand j'avais neuf ans.

— J'y ai pensé, dis-je en posant mon menton dans ma main. Mais je trouve que ça ressemblerait trop à la soirée de Maéva et Grégory. Tu te souviens qu'ils avaient des photos de leur chien, Rufus? Je veux faire quelque chose de spécial et de différent.

— Le tennis, peut-être? propose Lara en écarquillant ses yeux bleus. Ça te représente très bien!

— Tous les garçons seraient ravis, ajoute Bianca.

— Hum... dis-je d'un air songeur. Ça ne fait pas très sophistiqué, dis-je en mâchonnant le capuchon de mon stylo.

Le visage de Lara s'éclaire d'un grand sourire.

— Enfin prête à remplacer tes chaussures de sport par des souliers à talons hauts?

Je ris.

— Je ne peux rien te promettre pour les talons hauts, mais je peux t'assurer que je ne porterai pas de chaussures de sport à ma fête d'anniversaire.

Bianca jette un coup d'œil à ma liste de thèmes par-dessus mon épaule.

— Ce n'est pas évident. Mais au moins, tu auras droit à une fête. Moi, il n'y a aucune chance que mes parents m'en organisent une.

Elle prend une longue gorgée de son frappé aux fruits et poursuit :

— Mon anniversaire est en été, et nous serons au chalet.

Je souris chaleureusement à mes deux meilleures amies.

— Cette fête est pour nous toutes. C'est pour marquer le début de notre treizième année, ensemble.

Je lève mon verre de frappé pour porter un toast.

— À nos 13 ans! Et à une extraordinaire fête d'anniversaire!

— Avec un thème extraordinaire! ajoute Bianca.

Lara se tourne vers moi et me fait un clin d'œil.

— On en trouvera un, ne t'inquiète pas.

Comme toujours, elle le dit avec tellement de conviction que je la crois.

— Peut-être qu'on devrait se promener et chercher d'autres sources d'inspiration, suggère Lara en se levant. Le lèche-vitrines est idéal pour ça.

Elle se penche et hisse son énorme sac à main sur son épaule. Lara transporte toujours un sac qui lui donne l'air de partir en expédition pour une semaine. Le plus étrange, c'est qu'elle peut trouver tout ce qu'elle veut là-dedans en cinq secondes pile. Impressionnant!

— Bonne idée, dis-je.

C'est en marchant en direction de la poubelle

pour y jeter mon verre de frappé que j'ai un éclair de génie. La solution à mon problème se trouve là, juste devant moi! Comment ai-je pu ne pas y penser plus tôt? Bien sûr, j'aime le tennis, les films et les chiens, mais il y a autre chose dont je ne pourrais pas me passer.

Je me retourne et souris à mes amies.

— Pas de doute, elle vient d'avoir une idée, dit Lara. Regarde, elle va exploser!

— Explique, ordonne Bianca.

Le doigt pointé vers le magasin devant moi, j'indique à mes amies le thème idéal. Amusant, coloré, chouette et me représentant à la perfection : *La Planète Bonbon*, le plus grand et le plus éclatant magasin de friandises du centre commercial.

— Génial! s'exclame Bianca. Tout le monde aime les bonbons!

— Surtout toi, renchérit Lara. Les bonbons de Cassandre : voilà le thème parfait!

CHAPITRE 3

— Océane! Dépêche-toi, ça fait une éternité que tu es là-dedans!

Je martèle la porte de la salle de bains à coups de poing.

— Allez!

— C'est bon, c'est bon, répond Océane de l'autre côté de la porte. Je me dépêche.

Ma petite sœur sait faire un tas de choses, sauf se dépêcher. Depuis le jour de ses dix ans, elle est devenue une véritable princesse. Elle a supprimé toutes les preuves de son ancienne passion pour le soccer. Dorénavant, elle n'en a que pour la mode.

Elle était beaucoup plus facile à vivre quand elle faisait du sport.

Le seul moment où Océane se déplace vite, c'est

tôt le matin... pour se précipiter sous la douche avant moi. C'est dire à quel point il est important pour elle de se lisser les cheveux. Elle est prête à sacrifier une heure de sommeil pour défriser ses boucles.

Nous avons toutes deux les cheveux épais et ondulés, mais elle fait toujours sécher les siens en les lissant. Ils sont blonds, comme ceux de notre mère. De mon côté, j'ai hérité des cheveux et des yeux brun foncé de mon père. À nous regarder, on ne dirait pas que nous sommes sœurs.

Je retourne dans ma chambre d'un pas lourd et me glisse sous les couvertures. Je ne peux pas me rendormir, et c'est une torture d'attendre que s'ouvre la porte de la salle de bains. Mes cours commencent 20 minutes plus tôt que ceux d'Océane. C'est moi qui devrais avoir la salle de bains en premier le matin, mais la chère princesse s'empare toujours des lieux avant même que j'aie ouvert un œil.

Barney se précipite dans ma chambre et bondit sur mon lit. Il a beau être adulte, il se comporte toujours comme un chiot.

— Salut, Barney, dis-je en le caressant. Eh oui, elle m'a encore battue.

Barney aboie et remue la queue.

Au moins, quelqu'un dans cette famille comprend ma souffrance.

Enfin, la porte de la salle de bains s'ouvre avec un bruit sec, et je retourne dans le couloir. Océane est enveloppée dans une serviette rose pâle et une autre est enroulée bien serré autour de sa tête.

— La salle de bains est à toi, lance-t-elle avec un grand sourire.

— Tu sais très bien que je suis censée prendre ma douche en premier, dis-je en la bousculant.

— Tu dors, tu perds ton tour, rétorque Océane d'un air narquois.

— Elle a raison, Cassandre, déclare ma mère du haut de l'escalier.

Elle jette un coup d'œil sur sa montre et ajoute :

— Tu ferais mieux de te dépêcher.

Après avoir pris une douche en vitesse, je m'habille rapidement et descends. Il faut que je discute de ma fête d'anniversaire avec mes parents avant d'aller à l'école.

— *Aimes-tu la vie comme moi?* chante mon père lorsque j'entre dans la cuisine.

Il me prend par la main et me fait tourner sur moi-même. Je reconnais une vieille chanson des années 80, même si les talents de chanteur de mon père laissent à désirer. Il a toujours aimé les chansons de Boule Noire. C'est plutôt embarrassant quand il nous conduit quelque part, mes amies et moi, et qu'il se met soudain à chanter.

Remarquez, c'est encore plus gênant quand il danse.

Tandis que je le regarde tourner dans la cuisine, je me rends compte que j'aurais dû y penser à deux fois avant de réclamer une fête où l'on danse. Je ne sais pas trop comment j'arriverai à tenir mon père à l'écart de la piste, ni comment je l'empêcherai de me faire mourir de honte!

— Papaaa! dis-je en levant les yeux au ciel.

Il porte les mains à son cœur comme si je l'avais profondément blessé.

— Tu refuses de danser avec moi?

Il exécute l'un des ses pas caractéristiques qui se terminent par une pose « ta-dam! ».

Ma mère éclate de rire.

— Impossible de l'arrêter, Cassandre, dit-elle en esquissant quelques pas de danse vers lui.

Mon père la fait virevolter.

— Mieux vaut se joindre à lui!

Je retiens un grognement en me laissant tomber sur une chaise à la table de la cuisine, et je me prépare un bol de céréales. Pas de doute, je vais devoir imposer certaines règles pour ma fête d'anniversaire. Règle numéro un : pas de parents sur la piste de danse!

Barney tourne autour d'eux en aboyant. Il semble comprendre à quel point c'est embarrassant d'avoir

27

un père fou de disco.

— C'est une excellente idée d'avoir choisi « Les bonbons de Cassandre » comme thème, ma chérie, déclare ma mère en dansant dans la cuisine avec mon père. Il te convient tout à fait.

— Merci, dis-je en m'efforçant de ne pas prêter attention à leurs mouvements ridicules. J'ai déjà commencé à faire la liste de mes bonbons haricots préférées.

Ma mère sourit.

— Les bonbons haricots feront un cadeau souvenir parfait. Et je parie qu'on trouvera aussi de bonnes idées pour les invitations.

— Et n'oublie pas les centres de table, dit mon père. Ce sont eux, la clé du succès.

Un sourire espiègle se dessine sur son visage.

Je sais qu'il se moque de moi. Mais tous ces détails sont importants!

— Ce n'est pas drôle, papa, dis-je en essayant de prendre un ton sérieux et raisonnable. Je veux que tout soit parfait.

— Eh bien, ça n'arrivera pas, dit mon père tout bonnement. Tu as déjà entendu ta mère parler de notre mariage, n'est-ce pas?

Ma mère lui lance un torchon à vaisselle en riant.

— Oh, je t'en prie. C'était complètement différent.

J'ai effectivement entendu parler de cette averse

torrentielle le soir où mes parents se sont mariés. La cérémonie devait avoir lieu dehors au Jardin botanique, mais la pluie les a forcés à changer leurs plans.

— Ce qu'il faut retenir de cette histoire, conclut ma mère en s'approchant de moi, c'est que même si la cérémonie ne s'est pas déroulée comme nous l'avions prévu, elle était magnifique.

Elle embrasse mon père.

Ça va comme ça! ai-je envie de crier. *C'est assez, les démonstrations d'affection en public!* Il me faudra vraiment instaurer des règles avant la fête.

— Nous devons commander les invitations cette semaine, poursuit ma mère en se tournant vers moi. As-tu une idée de ce que tu veux? Des oursons aux couleurs vives, ce serait mignon.

— Mais je veux quelque chose de cool, pas de mignon.

Ma mère lève les mains et sourit.

— Très bien, je vois que tu y as déjà réfléchi. J'ai pris rendez-vous cet après-midi avec Mme Dagenais qui habite au bout de la rue.

Je connais Mme Dagenais. Elle a un immense jardin. Barney adore renifler dans ce coin-là et, quand je le promène, nous devons traverser la rue pour éviter qu'il déterre les fleurs.

— Elle vend des cartes d'invitation chez elle,

explique ma mère. Elle semble avoir plusieurs modèles qui pourraient aller avec un thème de bonbons. Et ta liste d'invités, ça avance?

Sur ce point, j'ai une longueur d'avance. Lara, Bianca et moi avons travaillé fort toute la semaine pour dresser la liste parfaite. Je fouille dans mon sac à dos et en sors mon cahier de planification.

— Elle est terminée, dis-je fièrement.

Je tends la liste à ma mère... et la regarde écarquiller les yeux.

— Il y a beaucoup de noms là-dessus, observe mon père en jetant un coup d'œil par-dessus l'épaule de ma mère. Cassandre, ce n'est pas un mariage que nous organisons.

Soudain, il ne plaisante plus du tout.

J'enfourne une cuillerée de céréales et fixe mon lait d'un air renfrogné. Il n'y a pas tant de noms que ça sur la liste. À quoi mes parents s'attendaient-ils? C'est censé être la plus grande fête de l'année.

La liste réapparaît devant mon bol de céréales.

— Refais cette liste, dit ma mère calmement. Il faut que tu la raccourcisses. Nous n'inviterons pas tous les élèves de 1re secondaire.

Je voudrais leur faire remarquer que je n'ai pas invité tous les élèves de 1re secondaire. D'abord, j'ai pris soin de ne pas inclure le trio royal, Jordane, Dylane et Charlie. J'avoue qu'on trouve sur la liste quelques noms d'élèves à qui je ne parle pas tous les jours. Mais il s'agit d'une fête!

Par définition, une fête d'anniversaire compte beaucoup d'invités, non?

Je reprends la liste et la parcours rapidement.

— Combien d'invités voulez-vous? dis-je en essayant de rester calme et détendue. C'est mon treizième anniversaire, vous savez.

— Je le sais parfaitement, répond ma mère d'un ton impassible. Tu dois réduire cette liste de moitié.

Elle n'élève pas le ton. Elle ne sourcille pas. Elle est sérieuse.

Mais ça ne veut pas dire que je dois être d'accord.

— J'ai passé beaucoup de temps à préparer cette liste, dis-je calmement en faisant tournoyer la dernière céréale dans mon bol.

Je la regarde monter et descendre dans le lait, et je poursuis :

— Ce n'est pas facile de faire une liste.

— Je sais, dit ma mère. Et ce sera encore plus difficile de la raccourcir, j'en suis sûre. Mais le Riviera ne peut pas recevoir tous ces gens.

Elle ne cèdera pas.

Je replie la liste et la remets dans mon cahier en retenant un soupir.

Mon père me fait un clin d'œil.

— Tu vas y arriver, dit-il. Personne n'aime les

pistes de danse encombrées, de toute façon.

Mais ça ne me réconforte pas vraiment. Je n'ai aucune idée de la façon dont je vais m'y prendre. Ma mère ne comprend donc pas que les gens viennent en petits groupes? Si j'invite Maéva et Marianne, je dois inviter Zoé et Alyssa. Je ne peux pas inviter Grégory sans inviter aussi Romain et Malik. Et je tiens beaucoup à ce que Dimitri soit là! Viendrait-il si Grégory, Romain et Malik ne venaient pas? Devinera-t-il que j'ai le béguin pour lui si je n'invite pas ses amis? Cette liste est comme un problème de mathématiques géant. Et je n'ai jamais beaucoup aimé les maths.

Je boude jusqu'à la fin du déjeuner.

Lorsque je m'arrête chez Lara avec qui je marche jusqu'à l'école, je sens que je vais exploser. J'attends sur le trottoir devant chez elle, serrant dans ma main la liste de noms. Lara descend rapidement les marches de son perron, son gros sac sur son épaule.

— Ma mère refuse ma liste, dis-je avant même que Lara ait pu me saluer.

— Quoi?

Elle s'immobilise, bouche bée. Lara a un penchant pour le drame, mais je l'apprécie dans des moments comme celui-ci. On a passé des heures à étudier les différentes possibilités avant de rédiger la liste des invités!

— Je dois la réduire de moitié.

— Oh là là! fait Lara tandis que nous marchons côte à côte sur le trottoir.

Je lui lance un regard.

— Je ne sais pas trop comment je vais y arriver.

Lara m'entoure de son bras.

— Ne t'inquiète pas, on le fera ensemble, me rassure-t-elle.

Je souris à ma meilleure amie. Je suis contente de pouvoir compter sur elle... mais je ne suis pas certaine qu'on puisse vraiment m'aider. La fête de mes rêves tourne déjà au cauchemar!

Avant la sonnerie annonçant la fin du cours de sciences sociales de Mme Blondin, j'examine discrètement mes camarades. Je tambourine des doigts sur mon cahier violet, me demandant qui je pourrais bien rayer de la liste d'invités. Marianne bavarde avec Zoé et Alyssa. Je songe à toutes les enlever de la liste, mais je suis allée à la soirée-pyjama de Marianne le mois dernier. Je ne peux pas ne pas l'inviter. Raccourcir cette liste, c'est comme démêler les fils d'un engin explosif. La moindre erreur pourrait tout faire sauter et gâcher la fête. (Ce n'est pas que je veuille dramatiser mais...)

À l'autre bout de la classe, Dimitri copie les consignes du devoir écrites au tableau. Il est vraiment séduisant, avec ses cheveux bruns qui lui tombent dans les yeux. Il ne viendrait sûrement pas à ma fête sans Romain, Grégory et Malik. Je m'affale un peu plus sur ma chaise.

Mme Blondin me tire de ma rêverie.

— Sortez vos devoirs, s'il vous plaît, dit-elle.

Elle fait rouler un bout de craie entre ses doigts tout en déambulant dans la classe. Ses grosses bagues argentées cliquètent à chacun de ses pas.

— J'ai hâte de lire vos rédactions sur la culture. Faites-les passer devant, s'il vous plaît.

La main de Dylane se dresse juste devant le visage de Mme Blondin.

— Vous allez adorer mon texte, se vante-t-elle d'une voix forte. Mon père nous a emmenées voir un ballet, Charlie, Jordane et moi. Nous avions une loge. Les meilleures places, quoi! Et après le spectacle, nous avons rencontré la ballerine. Elle venait de France!

— Très intéressant, observe Mme Blondin.

Charlie et Jordane hochent la tête. Je me demande si des ficelles sont attachées à leurs têtes, pour les faire bouger exactement de la même façon.

Je me retiens pour ne pas lever les yeux au ciel. Je connais au moins trois noms qui ne figureront pas sur la liste. Nos textes devaient porter sur un aspect de la culture dans notre quartier, pas sur nos activités de fin de semaine, ni sur un prétexte à se vanter. Pfft!

— J'ai écrit sur le baseball, déclare Alex avec enthousiasme. Les lanceurs doivent se rendre au camp d'entraînement dans quelques semaines!

Il brandit son poing haut dans les airs.

Mme Blondin secoue la tête.

— Alex, lève la main avant de parler, s'il te plaît, dit-elle en pinçant légèrement les lèvres.

Elle fait ça souvent quand Alex prend la parole.

Je souris à mon ami. Je sais qu'il est simplement excité. La saison de baseball est sa raison de vivre. Il conserve toutes sortes de tableaux bizarres et suit toutes les parties. C'est un vrai mordu.

— Ça n'a rien de culturel, souligne Dylane avec une expression de dégoût.

Je me tourne vers Bianca et Lara dans l'espoir d'attirer leur attention et de faire la grimace. Cependant, mes amies sont occupées à fixer Romain et Grégory et sourient d'un air niais. Elles sont vraiment amoureuses!

Mme Blondin pince les lèvres encore plus fort.

— Quelqu'un a-t-il écrit sur la rénovation du vieux cinéma de la rue Principale? demande-t-elle en tentant de revenir au sujet de la rédaction.

— Oui, moi, répond Dimitri en lui tendant son travail. On y passe une version de Godzilla en ce moment. Les effets spéciaux sont assez mauvais, mais c'est quand même génial.

— C'est amusant de regarder de vieux films, approuve Charlie en souriant à Dimitri.

Je la regarde battre des cils et réprime un haut-le-cœur. Comme si elle allait regarder un film de Godzilla! Elle a peur de la musique de la méchante sorcière dans *Le Magicien d'Oz*! Il y a plusieurs années, elle a passé la nuit chez moi et elle a paniqué pendant le film. Je devais appuyer sur le bouton d'avance rapide chaque fois que la musique commençait.

Mais à ce moment précis, durant le cours de sciences sociales, je prends conscience d'un fait franchement alarmant. Charlie arbore le même sourire niais que Bianca et Lara.

Depuis quand Charlie a-t-elle le béguin pour Dimitri?

— Ouais, c'est super, répond-il en lui rendant son sourire.

Il se retourne sur son siège pour faire face au tableau.

Jordane et Dylane étouffent leur rire dans leurs mains. J'ai envie de vomir. Comment Charlie et moi pouvons-nous avoir le béguin pour le même garçon? Nous sommes comme l'eau et le feu. De toute évidence, Dimitri ne pourra pas nous aimer toutes les deux, nous sommes beaucoup trop différentes.

Mme Blondin interrompt à nouveau mes pensées.

— Nous commençons un nouveau module aujourd'hui, annonce-t-elle à la classe. Au cours des cinq prochaines semaines, nous étudierons différents pays du monde entier. Vous serez divisés en groupes, et chaque groupe devra préparer une affiche présentant tous les aspects culturels et historiques d'un pays. Vous devrez aussi rédiger un rapport portant sur une période donnée de son histoire, et en faire une présentation originale à la classe.

— Est-ce que les États-Unis font partie de ces pays? demande Alex. Parce que le baseball devrait alors figurer sur l'affiche.

Il n'y a pas à dire, il est sérieusement obsédé par le baseball.

— Non, répond Mme Blondin. Nous n'étudierons pas les États-Unis.

Cette fois, elle sourit.

Dylane lève la main.

— Est-ce qu'on peut choisir notre groupe?

J'affiche un sourire de dédain. Ce n'est pas difficile de deviner qui Dylane choisirait.

Mme Blondin secoue la tête.

— Non, c'est moi qui formerai les groupes, répond-elle. Mais vous pourrez indiquer vos préférences parmi les pays suivants : le Brésil, le Mexique, la France et le Japon.

— Les Japonais adorent le baseball, s'écrie Alex.

Et les Yankees adorent les lanceurs japonais. Ils ont fait signer un contrat à un japonais la semaine dernière.

— Oui, c'est vrai, approuve Mme Blondin. Mais nous nous concentrerons aussi sur d'autres aspects de la culture. Notez vos préférences et remettez-les-moi avant la fin du cours.

Un murmure parcourt la classe. Tout le monde veut travailler avec ses amis, et il faut donc coordonner nos préférences. Je sais que c'est inutile puisque de toute façon, Mme Blondin séparera probablement les groupes d'amis. Mais ça vaut la peine d'essayer.

— Les présentations auront lieu le vendredi 6 mars, précise Mme Blondin en écrivant la date au tableau.

Ça me fait froid dans le dos de voir la date du jour précédant mon anniversaire écrite à la craie blanche sur le tableau noir. Il y aura tant à faire, à la fois pour la fête et pour cet ambitieux projet! En plus, février est le mois le plus court de l'année. Comment vais-je réussir à tout faire à temps?

J'aurais bien besoin d'une organisatrice de réception!

Je jette un coup d'œil vers Charlie qui parle encore à Dimitri. J'aimerais bien qu'elle déménage dans un pays étranger pour les cinq prochaines semaines. Peut-être même pour les cinq prochaines années. Je n'ai pas envie qu'elle vienne gâcher mes plans de fête parfaite.

CHAPITRE 4

Je n'ai pas le temps de m'apitoyer sur mon sort, même après avoir vu ce qui se trame entre Charlie et Dimitri, ni de me stresser en me demandant si l'une des filles du trio royal sera dans mon groupe ou pas. Une professionnelle ne se laisse pas distraire par ce genre de choses quand elle prépare une fête.

Lorsque je rentre de l'école ce jour-là, je passe en mode planification. Il ne reste que quatre semaines et quatre jours avant la fête!

J'ouvre mon cahier violet et relis un article expliquant comment bien choisir ses invitations. C'est l'invitation qui donne la première impression de la fête. Et moi, je veux que cette impression soit excellente.

— Cassandre! Il est temps de partir! crie ma mère

au bas de l'escalier.

Habituellement, quand ma mère et moi allons quelque part, nous montons dans la voiture et allumons la radio. Mais comme Mme Dagenais habite au bout de la rue, nous marchons jusque chez elle. Sans musique, nous avons tout le loisir de bavarder. Cependant notre conversation à propos de la liste des invités est encore toute fraîche dans ma mémoire. Ajoutez à cela le béguin de Charlie pour le garçon qui me plaît, et vous comprendrez que je ne sois pas d'humeur à bavarder avec ma mère.

— Comment c'était à l'école aujourd'hui? demande-t-elle gaiement lorsque nous sortons.

— Bien.

Je donne un coup de pied dans un petit caillou sur le trottoir, et il va se loger dans une fissure sur la chaussée.

Une fourgonnette rouge passe dans la rue, et je l'observe avec grand intérêt. Elle tourne à gauche à l'intersection suivante, et la rue est de nouveau déserte.

— As-tu repensé à ta liste d'invités? demande ma mère tandis que nous traversons la rue.

Si j'ai repensé à ma liste? C'est une blague ou quoi? Je ne pense qu'à ça!

Je reste muette.

Voyant que je ne réponds pas, ma mère se tourne

pour me faire face. Elle hausse les sourcils et me jette un regard qui en dit long.

— Quoi? dis-je même si je n'ai pas besoin qu'elle m'explique ce que signifie ce regard.

— Cassandre, répond-elle d'un ton sévère. Surveille ton attitude. La liste doit être raccourcie.

— Très bien. J'ai compris.

Je fourre mes mains dans les poches de mon blouson et la suis dans l'allée menant chez Mme Dagenais.

Celle-ci nous accueille à la porte d'entrée avec un bonjour chaleureux. Sa bouche est soulignée de rouge à lèvres écarlate, et elle se précipite vers moi pour me prendre dans ses bras.

— Je ne peux pas croire que tu vas avoir 13 ans! lance-t-elle comme une chanson tirée d'une comédie musicale de Broadway.

Avant que ma mère ou moi n'ayons la chance de répondre, elle nous conduit jusqu'à son bureau au sous-sol.

— Il n'y a pas si longtemps, tu n'étais qu'un petit bébé! s'exclame-t-elle en chemin.

Elle secoue lentement la tête.

— Comme le temps passe vite!

Une odeur de bouillon de poulet flotte dans la maison. Je fronce le nez en descendant l'escalier recouvert d'un tapis brun foncé à poils longs, et m'efforce de sourire poliment.

Une table ronde et quatre chaises occupent le centre de la pièce. Ma mère et moi nous assoyons tandis que Mme Dagenais s'empare de deux reliures sur une étagère tout près.

— Commençons par celles-là, dit-elle en souriant.

Je me demande si elle a remarqué que je ne parle plus à ma mère. Je m'agite sur la chaise en bois dur. Même s'il fait très chaud dans le sous-sol et que l'air est confiné, je garde mon blouson.

— J'adore cette idée d'un thème de bonbons, dit Mme Dagenais avec entrain.

Elle s'assoit et tourne les pages d'une des reliures.

Je ne peux m'empêcher de remarquer ses ongles rouges et brillants, et sa façon délicate de feuilleter la reliure.

— C'est un thème très bien pensé et original. Nous devrions pouvoir trouver l'invitation parfaite.

Elle lève les yeux vers moi et sourit.

Je me demande si son flot de paroles est censé combler le silence entre ma mère et moi.

— Ah, la voilà! s'exclame-t-elle. C'est celle-là que je cherchais.

Elle tourne la reliure vers moi.

L'invitation ressemble à un plat de bonbons avec un couvercle. On y voit des bonbons haricots, des rouleaux de réglisse rouge et d'autres friandises en bordure de la carte. Les mots au centre sont écrits en violet vif.

— Ça semble délicieux, n'est-ce pas? demande Mme Dagenais.

— Est-ce qu'on pourrait écrire « les bonbons de Cassandre » en haut? dis-je.

— Oui, bien sûr! s'écrie Mme Dagenais. Ce serait tout à fait charmant.

Elle reporte son attention sur ma mère.

— Qu'en penses-tu, Marion?

J'observe ma mère avec attention. Je n'ai pas envie d'une autre dispute. Puisque c'est Mme Dagenais qui lui pose la question, peut-être qu'elle voudra bien admettre que l'invitation est parfaite, qui sait?

— Adorable, dit-elle au bout d'un moment.

Elle se tourne vers moi.

— Elle te plaît vraiment, Cassandre?

Je fais oui de la tête.

— Fantastique! dit Mme Dagenais en déposant un bon de commande sur la table. Combien en voulez-vous?

Je vois une ride se creuser entre les yeux de ma mère. Elle jette un coup d'œil vers moi, puis répond à Mme Dagenais en souriant.

— Je vous rappellerai à ce sujet, dit-elle d'un ton neutre. Nous n'avons pas encore réglé la question de la liste d'invités.

Mme Dagenais hoche la tête.

— Je vois. Si vous pouvez me le dire d'ici deux jours...

— Nous réviserons la liste ce soir. D'accord, Cassandre?

Ma mère soutient mon regard.

— Oui, fais-je, tout à fait consciente que Mme Dagenais me dévisage, elle aussi.

C'est ce qu'on appelle mettre la pression!

Lorsque nous rentrons à la maison quelques minutes plus tard, ma mère déplie ma liste d'invités sur le comptoir.

— Cassandre, tu dois retirer des noms, dit-elle. Je suis sérieuse.

Je n'avais pas l'intention de grimacer, mais en entendant une aussi mauvaise nouvelle, c'est plus fort que moi.

— Pas de grimaces, Cassandre, prévient ma mère. Raccourcis cette liste, ou c'est moi que le ferai.

Elle passe son bras autour de moi et me serre doucement.

— Tu vas y arriver. Et ce sera une fête super.

Je laisse tomber ma tête entre mes mains. Je n'en suis pas si sûre.

Je prends mon stylo violet et contemple la liste de noms. J'essaie de m'y attaquer comme s'il s'agissait d'un test à choix multiples. Je répondrai d'abord aux questions faciles, et sauterai les noms que je n'ai pas l'intention de rayer.

Mais je n'arrive pas à éliminer qui que ce soit.

Mon cellulaire sonne, et je dois reconnaître que cette distraction est la bienvenue.

— Salut, Alex, dis-je après avoir vu son nom sur l'afficheur.

— Qu'est-ce que tu fais?

— J'essaie de raccourcir ma liste d'invités, dis-je en grommelant. Ma mère, alias Godzilla, a rugi.

— Je vois que tu t'amuses, dit Alex d'un ton ironique. Comment ça se passe?

Je tapote la feuille avec mon stylo.

— Pas très bien. Des suggestions?

— Je ne sais pas trop. Ce n'est pas évident. Tu veux une grande fête, mais tu n'auras pas de fête du tout si tu ne raccourcis pas la liste, c'est ça?

Il dit vrai. Je ne suis pas assez stupide pour pousser ma mère à bout. Elle rugit fort, mais ce sera encore pire si je ne fais pas ce qu'elle me demande.

— Tu as raison. Il faut que je le fasse. Merci, Alex.

— Pas de problème. Bonne chance.

— Merci. J'en aurai besoin.

Je raccroche et remets mon cellulaire dans mon sac.

Le cœur lourd, je reprends mon stylo et

commence à biffer des noms de la liste.

En apportant mon couvert dans la cuisine après le souper, je remarque que la liste est toujours sur le comptoir. Seulement, je ne vois pas uniquement les traits violets que j'y ai faits. Il y a aussi des notes en vert. Je prends la liste pour regarder de plus près.

Je reste bouche bée et me tourne vers ma mère qui se tient devant l'évier.

— Charlotte Raymond? dis-je d'une voix tremblante. Tu as inscrit Charlotte Raymond sur cette liste?

Il y a une scène, dans le ballet de *La belle au bois dormant*, où une fée malfaisante appelée Carabosse jette un sort à la petite princesse Aurore pour qu'elle dorme durant cent ans. Furieuse de ne pas avoir été invitée au bal en l'honneur de la naissance du bébé, elle danse comme un dragon enragé en crachant des flammes rougeoyantes. La première fois que j'ai vu le spectacle, j'ai eu peur de la ballerine. Je me suis cachée dans le manteau de mon père tout le temps qu'elle était sur scène.

Mais alors que je me trouve dans la cuisine en cet instant précis, je comprends exactement comment cette fée devait se sentir. La colère peut transformer une personne. J'ai la peau qui brûle.

— Tu as ajouté Charlotte? dis-je entre mes dents.

— Oui, répond calmement ma mère comme si je lui avais demandé si elle avait soupé.

Elle place une assiette dans le lave-vaisselle et pivote pour me faire face.

— Tu n'as aucune raison de te mettre dans un état pareil. Ton père et moi avons simplement ajouté quelques noms à la liste.

Je parcours la feuille des yeux. Mon grand-père et ma grand-mère, tante Julie et son nouveau mari, les amis de mes parents, les Gauthier et les Raymond... ça me va. Mais Charlotte Raymond?

— Maman! dis-je en serrant les poings.

Comment a-t-elle pu me faire ça? Charlotte Raymond? Alias, depuis le début de la quatrième année, CHARLIE Raymond!

— Tu sais bien que Christine et François sont de bons amis à nous, déclare ma mère. Comment pourrait-on organiser une fête sans inviter leur famille? Ils t'ont connue quand tu étais bébé!

Alors que j'ai passé tout l'après-midi à décider quels noms j'allais enlever, voilà que ma mère se permet d'en ajouter! Sans compter que je ne peux pas sentir l'une de ces personnes!

— Je sais que Charlie et toi n'êtes plus amies, continue ma mère en m'enlaçant. Mais vous l'étiez, avant.

— Il y a longtemps.

— La quatrième année, ce n'est pas si loin.

— C'était il y a une éternité, dis-je.

Et c'est tant mieux.

La quatrième année n'a pas été ma préférée. Pendant l'été qui l'a précédée, notre vieux chien, Sultan, est mort. Puis juste avant que l'école recommence, Charlie a décidé qu'elle préférait être l'amie de Jordane et de Dylane plutôt que la mienne ou celle de Lara. Elle a subi une métamorphose complète cet été-là, digne des plus grands magazines. Charlotte est partie au camp de vacances, mais c'est Charlie qui en est revenue, la nouvelle meilleure amie de Jordane. Elles étaient dans le même chalet au camp, et ont découvert qu'elles avaient tout pour devenir les meilleures amies du monde. La transformation a été totale (et absolument épouvantable).

Lara et moi étions abasourdies. Après tout, nous étions toutes les trois amies depuis la garderie. Le premier jour de la quatrième année, Charlotte est arrivée la bouche couverte de brillant à lèvres rose, exactement comme Jordane et Dylane, et a ordonné à tout le monde de l'appeler Charlie.

C'était la fin de Charlotte.

Et la fin de notre amitié.

Charlie était une autre personne, qui ne voulait plus être amie avec nous.

Lara a beaucoup mieux réagi que moi. Pour ma part, je ne suis pas une grande adepte du changement. Et j'ai trouvé assez difficile de perdre une de mes meilleures amies.

Comme si ce n'était pas une raison suffisante, je n'ai pas non plus envie d'inviter ma rivale à ma fête d'anniversaire. Si Charlie a un faible pour Dimitri, c'est aller au-devant des ennuis que de l'inviter. Et je ne veux pas d'ennuis à la fête de mes 13 ans.

— Elle va tout gâcher! dis-je.

Et je le pense.

Au même moment, mon père entre dans la cuisine.

— Cassandre, dit-il sévèrement, ce n'est pas très gentil de dire ça.

— Eh bien, elle n'est pas la plus gentille personne de la planète. Et je ne veux pas d'elle à ma fête d'anniversaire. Maman m'a forcée à rayer de la liste des gens que j'aime! Et pour quoi faire? Pour mieux inviter quelqu'un qui me déteste?

— Oh, je ne peux pas croire que Charlotte te déteste, intervient ma mère.

— Oui, elle me déteste, et c'est réciproque, dis-je en marmonnant.

Charlie restera probablement collée à Dimitri comme une sangsue, et je n'aurai pas la moindre chance de danser avec lui. Pire encore, elle fera comme la fée Carabosse et jettera un mauvais sort à la fête! Je sais que je me laisse emporter, mais je ne veux aucune énergie négative lors de ma fête. Mes ongles s'enfoncent dans mes paumes tandis que je serre encore plus les poings.

— Peut-être que Charlie ne voudra pas venir à ta fête, dit Océane en entrant nonchalamment dans la cuisine.

Elle s'assoit au comptoir.

Nous nous tournons tous vers elle. Océane a peut-être raison.

— Oh, je parie que si, dit mon père en secouant la tête. Tels que je connais Christine et François, ils vont faire en sorte qu'elle vienne.

Je bondis et agrippe les mains de mon père.

— Je t'en prie, encourage-les à respecter la décision de Charlie, dis-je d'un ton suppliant. Si elle ne veut pas venir, ça me convient. Très bien, même!

Je veux juste espérer qu'Océane a raison. J'imagine Charlie ouvrant l'invitation et faisant la moue. Elle pincera ses lèvres enduites de brillant et déclarera d'un ton plaintif qu'elle ne veut pas venir à ma fête nulle et ridicule.

— Cassandre, dit ma mère pour me ramener à la réalité. Ton comportement ne me plaît pas du tout. Tu ferais mieux de changer d'attitude.

Mon comportement? ai-je envie de crier. C'est Charlie qui est odieuse! Je ne peux rien faire pour empêcher qu'elle soit dans ma classe ou dans mon groupe pour le projet, mais quand il est question de l'inviter à ma propre fête d'anniversaire, j'ai quand même mon mot à dire!

Mon père prend un sac de biscuits sur le comptoir.

— Ah, les ados! gémit-il.

— J'ai bien peur que ce ne soit que le début du drame, marmonne ma mère.

— Du film d'horreur, tu veux dire, corrige mon père avec un grand sourire.

Il vient vers moi et me serre très fort contre lui.

— Papa! dis-je en maugréant, agacée qu'il plaisante dans un moment comme celui-ci.

— Je me rappelle quand ta tante Julie a eu 13 ans. Elle est devenue une *adozilla*, raconte-t-il. Comme dans le film Godzilla qui joue en ville.

Il rit de sa propre blague et ajoute :

— Faisons en sorte que les monstres restent au cinéma, d'accord? Je n'en veux pas à la maison.

— Très drôle, dis-je d'un ton maussade.

Je commence à me demander qui est le véritable monstre dans cette histoire. Après tout, c'est censé être ma fête d'anniversaire! Ma mère, comme Godzilla, écrase toutes mes idées sur son passage.

Mais je ne vais pas me laisser faire.

CHAPITRE 5

— N'oublie pas les biscuits aux pépites de chocolat, me lance Lara en poussant son plateau le long du comptoir de la cafétéria. Je m'occupe des boissons.

J'aperçois l'assiette de biscuits un peu plus loin devant. J'allonge le bras et en prends trois.

— Je les ai!

Fred, le cuisinier de l'école Saint-Hippolyte, aime bien nous offrir des mets santé. Mais chaque mardi, il prépare ses biscuits aux pépites de chocolat. Nous lui en sommes très reconnaissants, et le mot est faible. Les biscuits sont si populaires qu'ils disparaissent rapidement, et il faut arriver tôt à la cafétéria pour espérer en avoir un.

Aujourd'hui, j'ai vraiment besoin de ce biscuit.

J'ai déjà convoqué Lara et Bianca à une réunion d'urgence au dîner, à propos de la désastreuse invitation.

Lara pousse son plateau sur le comptoir et le fait tourner vers la caisse.

— Où est Bianca? demande-t-elle en me rejoignant.

— Devant les sandwichs, dis-je en désignant du menton l'autre côté de la cuisine.

Bianca se tient devant le comptoir, expliquant à la préposée comment préparer le parfait sandwich à la dinde. Bianca a des goûts très particuliers en matière de nourriture. Elle aime la moutarde, mais seulement quand on la met directement sur la dinde, et non sur le pain. Je dois reconnaître qu'elle réussit toujours à convaincre la préposée de lui faire un parfait sandwich à la Bianca.

— Je n'arrive pas à croire que tes parents te fassent ça, dit Lara pendant que nous marchons vers notre table. C'est ton anniversaire! Tu devrais pouvoir inviter qui tu veux.

— Exactement. En plus, ils m'ont fait sentir que c'était moi la méchante. Tu ne trouves pas ça injuste, toi?

— Très, confirme Lara.

Nous nous dirigeons vers notre place habituelle au fond de la cafétéria. Nous passons devant une table où sont installés une bande de garçons de notre classe. Je remarque que Dimitri y est avec Romain et le reste de l'équipe de soccer. Il porte même un chandail vert identique à celui de Romain! Je sens mon estomac se nouer. Dimitri est ami avec les garçons les plus populaires, alors pourquoi me préférerait-il à Charlie? Je fixe mon plateau lorsque nous passons à côté d'eux.

— Que fera Charlie, d'après toi? demande Lara.

Elle s'assoit sur l'une des chaises orange et balance son sac géant sur le siège voisin.

Je me laisse tomber à ma place et soupire. Je ne sais pas trop. Je joue avec la petite montagne de macaronis au fromage dans mon assiette.

Bianca pose son plateau à côté du mien.

— Jamais elle ne voudra aller à ta fête d'anniversaire, lâche-t-elle d'un ton convaincu.

— Très aimable de ta part, dis-je.

Je ne peux m'empêcher de me sentir un peu vexée par la déclaration de Bianca. Même si je voudrais bien qu'elle ait raison!

— Tu sais très bien ce que je veux dire, ajoute Bianca en souriant. Réfléchis un peu. Charlie n'aura peut-être pas envie de venir.

— Ses parents l'y obligeront, affirme Lara.

Elle ouvre son yogourt et en prend une cuillerée.

— Ils lui diront qu'elle doit y aller puisqu'elle a été invitée, continue-t-elle. Ses parents sont très comme il faut. Et ils sont très gentils… contrairement à leur fille.

Lara hausse les épaules avant d'ajouter :

— J'ai passé beaucoup de temps chez eux, du temps où la vraie Charlotte était encore parmi nous.

— Tu devrais peut-être appeler ses parents. Tu pourrais leur expliquer que ça ne te dérange pas qu'ils ne viennent pas, suggère Bianca en mâchant une grosse bouchée de dinde et de fromage.

— Très drôle.

J'ai l'impression que cette petite réunion ne nous mènera nulle part.

— Assez parlé de Charlie, continue Bianca en faisant la grimace. Parlons de choses plus importantes… comme ta robe! As-tu pensé à ce que tu vas porter à la fête?

— Un peu.

— Tu devrais t'acheter une tenue ultra-sophistiquée, dit Lara d'un air rêveur. Une vraie robe d'adolescente.

— À quoi ça ressemble? demande Bianca en haussant les sourcils.

— Je vais vous montrer, répond Lara. Donne-moi une feuille.

Lara est non seulement une experte en magasinage et une victime de la mode, mais elle est aussi une styliste en herbe. Elle a beaucoup de talent pour dessiner des vêtements, et elle espère concevoir les siens un jour.

Je lui tends mon cahier de planification et la regarde esquisser une minirobe et des bottes à talons hauts. La fille du croquis a l'air très cool et sophistiquée.

Je n'ai rien en commun avec elle!

— Jamais ma mère ne me laisserait porter ces bottes-là, dis-je en secouant la tête. Et je doute de pouvoir marcher avec, encore moins danser!

Nous éclatons de rire et commençons à ajouter des accessoires au dessin de Lara.

Riant du chapeau à plume dont j'ai affublé la fille, je lève les yeux et aperçois Charlie, Dylane et Jordane. Elles se dirigent vers une table non loin de la nôtre, au fond. Leurs tenues sont coordonnées, comme d'habitude, et elles ont le même repas sur leurs plateaux! Impossible de ne pas remarquer le regard mauvais de Charlie, même de loin. Cependant, lorsqu'elle passe devant la table de Dimitri, elle affiche un sourire radieux. Je ne peux pas voir la réaction de Dimitri, mais j'imagine qu'il est heureux de voir l'une des filles du trio royal lui sourire.

Je plonge ma fourchette dans mes macaronis au fromage.

— J'aurais bien voulu inviter quelqu'un que j'aime plutôt qu'elle, dis-je.

Je serre les dents et jette un coup d'œil à la table d'à côté, où sont assises Alyssa et Zoé. Elles croisent toutes les deux mon regard et me sourient. Mon cœur se serre quand je songe que j'ai dû les rayer de la liste. Ces deux filles sont si gentilles, et elles n'ont pas le béguin pour Dimitri!

— Charlie dansera probablement avec Romain ou Dimitri durant toute la fête, souligne Bianca en secouant la tête.

Un macaroni reste coincé dans ma gorge. J'ai un haut-le-cœur et lève les yeux vers mes amies. Je sens de grosses plaques rouges apparaître sur mes joues.

— Croyais-tu vraiment qu'on ne savait rien de ton béguin pour Dimitri? demande Bianca d'un ton espiègle. Pour quel genre de meilleures amies nous prends-tu?

Je baisse les yeux sur mon plateau, mortifiée. Si elles savent, peut-être que d'autres l'ont remarqué aussi...

— Oui, je sais, c'est embarrassant, poursuit Bianca.

Elle pose sa main sur mon bras.

— Mais ne t'en fais pas. Tu lui plais aussi.

— Bianca! dis-je d'une petite voix aiguë.

Je ne peux pas croire qu'elle a dit ça tout haut, alors que Dimitri dîne juste là! Je regarde frénétiquement autour de moi pour voir si quelqu'un l'a entendue, mais on dirait que je suis la seule à paniquer.

— Qu'est-ce que tu as fait? dis-je tout bas en me penchant vers Bianca. As-tu dit à Dimitri qu'il me plaisait? Bianca!

Je repousse mon plateau. Je n'ai plus faim tout à coup. Je me sens étourdie. Et faible.

Est-ce qu'on peut mourir de honte?

— Non, je ne lui en ai pas parlé, répond-elle comme si de rien n'était. Je le sais, c'est tout. J'ai un sixième sens pour ce genre de chose.

Elle prend une bouchée de son sandwich, comme si tout était parfaitement normal.

— Bianca se trompe rarement sur les gens, renchérit Lara. Elle savait que Grégory allait l'inviter à danser à sa bar-mitsva, tu te souviens?

— Grégory a dansé avec toutes les filles à sa bar-mitsva, dis-je. Elle n'a pas de sixième sens.

— Oh que si, réplique Bianca avec son éternel sourire.

J'ai envie de croire qu'elle sait quelque chose concernant Dimitri. Peut-être qu'elle a vraiment un sixième sens à propos des garçons. Et peut-être que les bonbons haricots poussent dans les arbres.

Au même moment, Dimitri, Grégory et Romain passent à côté de notre table. Ils font les imbéciles et rient fort.

— Salut, Grégory, dit Bianca.

Il lui tapote amicalement la tête avant de poursuivre son chemin en compagnie de ses amis, et de se hâter vers les portes donnant sur la cour.

Et c'est là que ça se produit.

Dimitri me regarde droit dans les yeux et sourit. Je croyais que mes joues étaient déjà écarlates, mais elles rougissent encore!

Puis en un éclair, les garçons sont dehors.

— Vas-tu enfin admettre que je sais de quoi je parle? demande Bianca en jubilant.

Elle agite son sandwich.

— Il a plongé son regard dans le tien et t'a souri!

— C'est vrai, confirme Lara. Franchement, on s'en moque si Charlie vient à ta fête d'anniversaire! C'est toi qui danseras avec Dimitri!

Je dois reconnaître que l'idée me plaît.

Cet après-midi, j'ai un cours d'éducation physique. Ça m'est plutôt égal quand on peut aller dehors et jouer sur le terrain. Contrairement à certaines filles de 1re secondaire (Charlie, Jordane et Dylane, pour ne pas les nommer), j'aime bien l'éduc. Toutefois, je ne raffole pas du gymnase de l'école Saint-Hippolyte. Nous devons l'utiliser durant l'hiver quand il fait froid et, pour être honnête, il empeste.

Alex souffre de terribles allergies à la moisissure.

Une fois, il est entré dans le gymnase puant et a fait une grosse crise. Ses yeux sont devenus tout rouges et bouffis, et il éternuait sans arrêt. Depuis, toutes sortes de désinfectants ont été essayés pour que ça sente meilleur. Mais je crois que c'est encore pire qu'avant.

M. Wu, l'enseignant d'éducation physique, ne semble pas aimer les activités intérieures non plus. Cet après-midi, il se tient au milieu du gymnase et tente de calmer la classe. Ce n'est pas une tâche facile. Il y a deux classes de 1re secondaire dans le gymnase, et tout le monde parle.

M. Wu donne un coup de sifflet.

— Nous allons jouer au volleyball aujourd'hui, lance-t-il en faisant tournoyer son sifflet autour de son doigt comme un sauveteur à la plage. Écoutez bien quand je nommerai les membres des équipes. Il y a quatre surfaces de jeu dans le gymnase. Ceux du premier groupe, prenez un dossard dans le panier et dirigez-vous sur le terrain du fond, près des portes.

Je râle tout bas tandis qu'il compose les équipes, songeant à quel point je déteste ces dossards. Ils sont faits de nylon orange fluo et sentent la vieille chaussette. N'est-ce pas déjà assez pénible comme ça de porter un t-shirt brun et un short moutarde? Celui qui a choisi les couleurs de l'école Saint-Hippolyte n'avait pas un grand sens de la mode. Même moi j'aurais pu trouver une meilleure combinaison. Bleu et blanc, peut-être? Noir et rouge?

Mme Gatien, l'assistante de M. Wu, me fait signe de me placer dans la zone de service sur le terrain. Je suis la dernière arrivée.

— Vas-y. Je l'attends, ton service, dit Alex en souriant de l'autre côté du filet.

Il porte la main à la visière de sa casquette de baseball. (Le gymnase est le seul endroit dans l'école où il a le droit de la porter.) Je lui souris à mon tour, contente d'apercevoir un visage amical.

Je me mets en position et promène mon regard sur le terrain. Comment diable me suis-je retrouvée dans la même équipe que Charlie, Jordane *et* Dylane? Bon sang!

Mme Gatien me lance le ballon, et je le tiens contre moi. J'aime bien le volleyball. Et je suis plutôt forte. À ce moment précis, j'ai envie de frapper fort.

— Ne rate pas ton coup, dit Jordane d'un ton méprisant.

— Si ce n'est pas trop te demander, marmonne Charlie entre ses dents.

Je les foudroie du regard, puis reporte mon attention sur le ballon blanc. Je n'ai aucun mal à imaginer que c'est la tête de Charlie... et c'est avec grand plaisir que je le frappe de toutes mes forces.

Le ballon franchit facilement le filet et tombe à

portée de main de Grégory. Il le renvoie rapidement vers Charlie, qui se tient au filet de notre côté. Mais au lieu de se placer pour frapper le ballon, elle se baisse vivement. En se redressant, elle fléchit la hanche de côté et croise les bras.

— Grégoryyyy! chantonne-t-elle en souriant d'un air provocant.

Comme s'il lui avait lancé le ballon parce qu'il voulait l'inviter à sortir, et non pour compter le point le plus facile du monde pour son équipe!

Grégory rit et tape dans la main de Malik.

— Le ballon est à nous! s'écrie-t-il.

Pendant ce temps, Dylane et Jordane se précipitent auprès de Charlie.

— Tu n'as rien? demande Jordane.

— C'était une faute, monsieur Wu! s'exclame Dylane.

C'est une blague ou quoi? Ces filles sont tellement ridicules! Nous jouons au volleyball, un jeu qui consiste à envoyer le ballon à l'autre équipe. Qu'est-ce qu'elles ne comprennent pas là-dedans?

— Les filles, s'il vous plaît, intervient M. Wu. Restons concentrés. Souvenez-vous, on lève les mains et on tape le ballon dans les airs. Deux coups, puis par-dessus le filet. C'est exactement la même chose que lors des exercices de la semaine dernière.

Je secoue la tête tout en me dirigeant vers la

position suivante. Est-ce que je peux vraiment aimer le même gars que Charlie? On ne pourrait pas être plus différentes! Pourtant, avant, on était pareilles. Quand on était petites, elle adorait *Fairytopia* autant que moi. On faisait tout ensemble! Mais après sa transformation estivale, elle a tout balayé. Devenir populaire l'intéressait beaucoup plus qu'être mon amie.

Je regarde Nina Normandin se préparer à faire le service. Nous sommes dans la même classe depuis deux ans. Nous avons joué ensemble dans la pièce de théâtre de l'école l'an dernier, et nous nous sommes bien amusées à répéter. Je n'ai peut-être pas son numéro en composition rapide sur mon cellulaire, mais je l'aime bien. Je regrette d'avoir eu à rayer son nom de la liste d'invités lorsque j'ai dû faire les dernières coupures. Comment se fait-il que les gens que j'ai éliminés semblent être ceux que j'aime le plus aujourd'hui?

— Un à zéro! annonce Nina de l'autre côté du filet.

Exactement, me dis-je. Vu comment se déroule ma journée, je me sens comme un gros zéro.

CHAPITRE 6

— Regardez ça, dit Lara en sortant une pile de catalogues de son sac d'école.

Elle éparpille les magazines sur le lit de Bianca.

— Hier soir, j'ai feuilleté tous mes catalogues et j'ai choisi quelques robes qui conviendraient pour ta fête d'anniversaire.

Nous sommes censées faire nos devoirs chez Bianca, mais le plus urgent pour l'instant semble être de me trouver une robe.

— Tu n'aimais pas celle que Lara t'a dessinée hier? me demande Bianca avec un sourire malicieux.

Elle tourne les pages du premier magazine qui lui tombe sous la main.

— Oh, celle-ci est superbe! dit-elle en désignant une robe noire à bretelles. Très belle!

Lara tourne la page.

— Voilà ce qu'il te faut, déclare-t-elle fièrement. Qu'en penses-tu?

Je regarde la robe qu'elle me montre. Elle est violet clair avec des bretelles spaghetti et des paillettes argentées et violet foncé. Elle est parfaite. Mais en parcourant la page, j'aperçois le prix dans un coin.

— Hum, je doute que ma mère me l'achète.

N'empêche que je ne peux détacher mon regard de la robe. Il me faut une tenue extra-spéciale. Et je veux être belle. On n'a pas 13 ans tous les jours, après tout.

— Je peux t'emprunter ce catalogue?

Lara sourit.

— Bien sûr.

Elle se tourne vers Bianca.

— Je t'avais dit qu'elle lui plairait.

J'examine la fille sur la photo. Elle danse avec un garçon séduisant, et ils semblent s'amuser comme jamais. Je m'imagine avec Dimitri lors de ma fête d'anniversaire. Nous sommes au centre de la piste de danse, et je virevolte dans mes souliers neufs à talons hauts, vêtue d'une splendide robe scintillante.

Tout à coup, je prends conscience d'un fait embêtant.

— Je ne peux pas porter de talons hauts!

— On va t'aider. Tu pourras t'entraîner quelque temps avant la fête, dit Lara d'un ton encourageant.

Mais le problème n'est pas là.

— Si je porte des talons hauts, je serai plus grande que Dimitri!

— Et alors? fait Bianca avec un haussement d'épaules. Avec mes chaussures, je serai plus grande que Grégory.

— De toute manière, tu enlèveras tes souliers pour danser, fait remarquer Lara.

Je secoue la tête et examine les chaussures du mannequin de plus près.

— Je me casserais le cou avec ça.

— Comment se fait-il que tu puisses traverser la poutre sans problème au gymnase, mais que tu n'arrives pas à marcher avec des talons hauts? demande Lara en fronçant le nez. Pour quelqu'un d'aussi athlétique, tu es franchement empotée. Tu dois porter des talons hauts pour ton treizième anniversaire!

— On verra, réponds-je.

Je me lève et contemple mon reflet dans le miroir de Bianca.

— Quelle coiffure me conseillez-vous?

— Cheveux lâchés, c'est certain, répond Bianca en s'assoyant sur le bord du lit. Ça te donne une allure plus sophistiquée.

— Au mariage de ma tante Julie, je les avais relevés en chignon, dis-je en me fixant dans la glace. C'est peut-être ce que je ferai. Je ne sais pas.

Je lâche mes cheveux et les laisse retomber sur mes épaules.

Dans le miroir, j'aperçois Bianca et Lara échanger un sourire.

— Qu'est-ce qu'il y a? Qu'est-ce que vous regardez?

Comme elles ne répondent pas, je me retourne pour leur faire face, les mains sur les hanches.

— Si on lui donnait maintenant? demande Lara.

Ses yeux bleus brillent d'excitation.

— Attends-nous ici, ordonne Bianca. On revient tout de suite.

Elles quittent la pièce en gloussant. Ça me fait un peu bizarre de me retrouver seule devant le miroir dans la chambre de Bianca. Pourtant, j'ai déjà passé beaucoup de temps dans cette pièce, mais là, c'est terriblement silencieux. Juste au moment où je commence à paniquer, mes amies reviennent à toute allure.

— OK, commence Lara en me tendant une petite boîte. Voilà une partie de ton cadeau d'anniversaire. On a pensé que tu aimerais l'avoir en avance.

— Oooh, dis-je d'une petite voix. Mon premier présent!

Je leur adresse un sourire radieux.

— Merci.

— Ouvre-le avant de nous remercier! lance Bianca.

J'enlève avec précaution le ruban violet et le noue dans mes cheveux avant de déchirer le papier rose scintillant. Je découvre une petite boîte brun clair.

— Vas-y, ouvre-la! s'impatiente Lara.

Je soulève le couvercle et aperçois un diadème argenté éblouissant. Il est même orné de minuscules cœurs et d'étoiles. Il est magnifique!

— Essaie-le! s'écrie Bianca. On s'est dit que tu voudrais porter quelque chose de spécial dans tes cheveux.

— On a cherché longtemps, explique Lara. Mais on a trouvé le bon!

Je tends les bras et enlace mes amies. Non seulement le cadeau est parfait, mais c'est aussi un geste très attentionné. J'ai les meilleures amies du monde.

— Je l'adore!

Je pose le diadème sur ma tête, et déjà je me sens transformée.

— Tu as l'air d'une princesse, soupire Lara.

— D'une star de cinéma, renchérit Bianca.

— D'une ado? dis-je en souriant.

Lara et Bianca éclatent de rire et me serrent contre elles.

— J'ai tellement hâte de vivre LE moment magique sur la piste de danse, dis-je en m'assoyant sur le lit à côté de mes amies. Le moment où deux personnes se rejoignent sur la piste pour une danse spéciale…

— Tu es tellement fleur bleue! s'exclame Bianca en me jetant un oreiller à la tête. Tu as vu ça dans un film ou quoi?

— C'est dans tous les films! dit Lara. Cassandre le sait sûrement, elle possède toutes les comédies romantiques qui existent.

— Je parle sérieusement, dis-je.

De nouveau, je me tourne vers le miroir et replace le diadème sur ma tête.

— Je veux vivre ce moment.

— En attendant, il faudrait qu'on fasse nos devoirs, déclare Bianca en sortant son cahier de son sac. Ma mère va me crier après si je n'ai pas fini. J'ai une leçon de piano dans une heure.

— As-tu commencé ton travail de sciences sociales? me demande Lara en sortant son propre cahier de son gigantesque sac. Je n'arrive pas à croire que Dimitri et Grégory soient dans ton groupe.

— Sans oublier Charlie, dis-je en ouvrant mon manuel de maths. La semaine prochaine, on aura du temps pour faire des recherches à la bibliothèque. J'espère qu'on pourra avancer. Mais j'ai bien peur qu'on n'en apprenne pas beaucoup sur le Mexique.

J'ai l'impression que Charlie va tout faire pour se mettre en avant.

— Comme d'habitude, souligne Bianca en riant.

— Vous avez tellement de chance toutes les deux d'être dans le groupe de la France.

— *N'est-ce pas?* répondent-elles dans un gloussement en prenant un accent pointu.

Je lance un oreiller à chacune.

Au départ, j'étais très enthousiaste à l'idée de faire une recherche sur le Mexique. Je ne connais pas grand-chose sur ce pays, mais ce que je sais me paraît fort intéressant.

Cependant, dès que Mme Blondin nous a lu la liste des groupes, j'ai su que ça ne se passerait pas comme je le voulais.

C'est bien le pays que je souhaitais étudier, seulement, il y a un petit problème : Charlie.

Pourquoi a-t-il fallu que Mme Blondin la mette dans mon groupe? J'ai beau essayer, je n'arrive pas à me débarrasser d'elle! Mais je ne peux pas vraiment en vouloir à Mme Blondin. Elle m'a aussi placée dans le même groupe que Dimitri.

Je m'installe par terre pour faire mon devoir de maths. Ça me changera les idées de penser à des chiffres pendant les vingt prochaines minutes.

Lorsque je rentre de chez Bianca, je trouve une

grosse boîte sur la table de la cuisine.

— Je t'attendais pour l'ouvrir, dit ma mère en souriant.

Je jette un coup d'œil sur l'étiquette.

— Mes invitations! dis-je en déchirant le sceau.

Il y a deux boîtes blanches à l'intérieur de l'emballage. L'une contient les invitations, l'autre les enveloppes violettes. Le fait de voir tout ça rend l'ensemble bien réel. Je vais bel et bien avoir une fête pour mon treizième anniversaire!

— Wow! fait Océane en prenant une invitation dans la boîte. C'est tellement mignon!

— Pas mignon, la corrige ma mère. Cool.

Elle me serre contre elle.

— Elles te plaisent, Cassandre?

— Beaucoup! Elles sont parfaites!

— Où as-tu eu le diadème? demande Océane en regardant fixement ma tête.

— Bianca et Lara me l'ont offert, dis-je en tournoyant pour que le diadème accroche la lumière. N'est-ce pas qu'il est beau?

— Et très brillant, ajoute ma mère.

— Je vais le porter à ma fête d'anniversaire.

Ma mère hoche la tête tout en mettant de l'ordre sur la table.

— Postons ces invitations au plus vite! Océane, si ça ne t'ennuie pas de mettre les invitations dans les enveloppes, je vais m'occuper de coller les timbres, et Cassandre écrira les adresses.

À trois, nous nous acquittons de la tâche assez rapidement (même si j'ai mal à la main à force d'adresser toutes ces enveloppes). Une fois que nous avons terminé, je cours vers mon sac, trouve la page dans le catalogue de Lara et défroisse le papier.

— Voilà la robe que j'ai trouvée.

Je m'assois sur la chaise à côté de ma mère.

— Eh bien! lâche-t-elle. C'est toute une robe.

— Tu ne l'aimes pas?

Ma mère hausse les sourcils et soupire.

— Elle est jolie, mais très chère.

J'espérais que ma mère ne verrait pas le prix dans le coin inférieur. Trop tard.

— Mais maman, dis-je d'un ton suppliant, il me faut une tenue chic. Cette robe serait parfaite pour moi.

— Cassandre, dit-elle en plongeant son regard dans le mien. Cette robe coûte trop cher.

Comment peut-elle ne pas comprendre? Il me faut cette robe. Je veux être cette jolie fille sur la photo, et danser avec un garçon séduisant (en l'occurrence, Dimitri).

— J'ai de l'argent de côté.

— Mais pas suffisamment, dit ma mère en secouant la tête. Je suis certaine qu'on pourra trouver autre chose de tout aussi joli. Si on allait au centre commercial après avoir déposé Océane au ballet?

— Oh, est-ce que je peux y aller aussi? s'écrie ma sœur.

Ma mère forme une haute pile avec les enveloppes adressées.

— Non, tu as ta leçon de ballet.

Océane fait la moue, mais je ne peux réprimer un grand sourire. Même si ça m'ennuie que ma mère ne soit pas d'accord pour acheter la robe du catalogue, je sais que rien ne rend Océane plus furieuse que de rater une séance de magasinage. Je considère ça comme ma revanche pour tous les matins où elle a accaparé la salle de bains.

Ma mère et moi conduisons donc Océane à sa leçon de ballet avant de nous diriger vers le centre commercial. Je suis fin prête pour la chasse au trésor.

Nous nous arrêtons d'abord chez Jessica, une boutique pour adolescentes. J'adore leurs vêtements, et ils ont des tonnes de jolies robes en magasin!

Une vendeuse s'approche et se présente.

— Bonjour, je m'appelle Audrey. Est-ce que vous cherchez quelque chose en particulier?

— Oui, dis-je en me tenant bien droite. Je cherche une robe pour la fête de mes 13 ans.

Audrey sourit.

— Oh, nous avons beaucoup de robes pour ce

genre d'occasions spéciales.

Elle nous conduit à l'arrière du magasin.

— Vous pouvez regarder sur ces portants, dit-elle en les désignant d'un geste. Sais-tu quel style de robe tu aimerais?

Je ne sais pas trop comment répondre à cette question. Même si je veux une tenue chic pour la fête, je ne suis pas une experte en mode comme Lara, loin de là. Je me contente de sourire.

— Quelque chose de spécial, dis-je simplement.

— Dans ce cas, ce devrait être assez facile, conclut Audrey.

Elle s'empare d'une robe jaune citron à motif de fleurs.

Je fais non de la tête. Je n'aime pas le jaune, ni les grosses fleurs orangées!

— Cassandre, que penses-tu de celle-ci? demande ma mère.

Je me tourne vers elle... et j'ai le souffle coupé. Non, mais sans blague! La robe qu'elle me montre est blanche et ornée d'un ruban en satin rose à la taille. Elle conviendrait peut-être à une fillette de trois ans, mais pas à une ado de treize ans!

— Maman! dis-je d'un ton indigné. Pas question.

Ma mère me décoche un grand sourire et lève les mains en signe de capitulation.

— D'accord, d'accord, dit-elle en replaçant la robe

sur le portant. Et celle-ci?

Cette fois, la robe est en dentelle rose avec de tout petits boutons blancs sur le devant. Je ne peux que me demander si elle vient avec le bonnet assorti. Ma mère a perdu la tête ou quoi?

— On dirait un bonbon, tu ne trouves pas? demande ma mère d'un ton enjoué. N'est-ce pas que c'est charmant?

Pour un bébé, peut-être, ai-je envie de répondre. Mais je ne dis rien. Je secoue la tête et me détourne pour me concentrer sur le portant devant moi. Même si je ne sais pas exactement quel style je veux, je sais *exactement* quel style que je ne veux pas. Et je n'ai pas du tout l'intention de passer ma première fête officielle d'ado vêtue d'une robe de bébé.

— Comment trouves-tu celle-là? dis-je quelques minutes plus tard en saisissant une robe bustier violet pourpre.

C'est la couleur de mon bonbon haricot préféré, violine. Une fine rangée de paillettes violet pourpre rehausse la taille, tandis qu'une bande plus large orne le bas. Je lève la robe et la tiens tout contre moi. La longueur est parfaite, juste au-dessus du genou.

Ma mère ouvre de grands yeux.

— Absolument pas, refuse-t-elle en se tournant vers le portant sans un mot de plus.

Elle continue à regarder les robes l'une après l'autre en les poussant d'un côté. Le cliquetis des cintres sur le montant argenté résonne.

— Je ne l'ai même pas essayée. Tu dis toujours qu'il faut que j'essaie les vêtements! Tu ne veux donc pas voir de quoi a l'air la robe avant de l'éliminer?

Ma mère pince les lèvres.

— Tu ne porteras pas de robe bustier, Cassandre.

— Pourquoi pas?

J'élève la robe pour mieux l'admirer.

— Elle est moins chère que l'autre, dis-je en espérant faire vibrer sa fibre économe.

J'adore la couleur de la robe, et le tissu est super doux. De plus, je n'ai jamais porté de robe bustier. Charlie en avait une à la bat-mitsva de Maéva. Et si elle en portait une aussi à ma fête d'anniversaire? Je ne veux pas qu'elle soit plus chic que moi.

— Ce n'est pas approprié, déclare ma mère. C'est une fête pour tes 13 ans, pas pour tes 16 ans.

Je lève les yeux au ciel.

— Allez, maman, dis-je d'un ton câlin. Laisse-moi au moins l'essayer. Tu dis toujours que le violet me va bien, non?

— En effet, le violet te va bien, concède ma mère. Mais tu ne porteras pas de robe bustier, Cassandre.

— Toutes les filles raffolent de cette robe, dit Audrey en marchant vers nous. Elle est facile à porter et très abordable.

Elle me sourit.

J'ai su que j'aimerais Audrey à la seconde où je l'ai vue.

— Non, conclut ma mère.

Cette fois, elle ne se retourne même pas.

Les larmes me montent aux yeux. Flûte. Je sais que si je me mets à pleurer, je ne pourrai plus m'arrêter. Ma mère raconte souvent la fois où j'ai piqué une crise dans un grand magasin quand j'avais deux ans. Je suis restée cachée dans un présentoir de vêtements pendant plus d'une heure en hurlant à tue-tête. Ma mère était morte de honte, et elle a dû ramper pour me faire sortir de là. Je ne me souviens pas de ça, mais en ce moment j'ai plutôt envie de me mettre à hurler.

— Cassandre, chuchote ma mère en tentant d'éviter une scène. De toute façon, je ne pense pas que tu seras à l'aise dans une robe bustier.

— Mais je n'en ai jamais essayé une!

Une larme roule sur ma joue, et je l'essuie rapidement. Comment pourrai-je devenir une ado si je n'arrête pas de pleurer comme un bébé?

— Très bien, va l'essayer, dit ma mère en soupirant.

Je la vois jeter un coup d'œil vers Audrey. Elles semblent se comprendre d'un simple regard... ce qui me redonne envie de crier.

Je me réfugie derrière le lourd rideau rouge de la

cabine d'essayage et enfile la robe. Je me regarde dans les trois miroirs devant moi. Je suis ridicule dans cette robe! Au lieu de me faire paraître plus âgée et sophistiquée, j'ai l'air d'une fillette déguisée.

— Cassandre, est-ce que tu vas sortir et nous montrer la robe? demande ma mère.

Voyant que je ne réponds pas, elle passe la tête dans la cabine.

— Audrey a trouvé un ensemble semblable, mais dans un style différent.

Elle écarte le rideau et me montre un haut sans manches et une minijupe dans le même tissu violet que la robe. Une fine rangée de paillettes borde l'encolure, et une petite boucle en satin orne un côté du corsage. Ma mère me sourit.

— Essaie-les. Je crois que ça t'ira à merveille.

Je prends le cintre et enfile l'ensemble. Quelle différence! Je sors fièrement de la cabine et tournoie.

Le visage de ma mère s'épanouit en un large sourire.

— Qu'en penses-tu?

— J'ai trouvé ma tenue! dis-je d'un ton joyeux.

Je pivote pour mieux admirer les paillettes dans le miroir. Ce n'est peut-être pas la robe du catalogue, mais c'est magnifique.

Je me tourne vers ma mère.

— Est-ce que je peux avoir aussi des talons hauts?

— Oui, on peut regarder les chaussures, accepte-t-elle.

Ma mère semble transformée maintenant que j'ai trouvé une tenue qui fait notre bonheur à toutes les deux.

— J'imagine que tu es prête pour des talons hauts.

Audrey m'apporte une paire de superbes souliers noirs en cuir verni, avec de délicats talons. En les mettant, je me sens tout à fait séduisante. Et tant pis si Dimitri est plus petit que moi! J'ai une allure du tonnerre.

— Ils sont parfaits!

— Cassandre, tu devrais marcher un peu, me conseille ma mère. Assure-toi qu'ils ne te font pas mal aux pieds.

Comme c'est embarrassant. Je suis assez grande pour savoir si ces souliers me vont ou pas! Je n'ai pas besoin de me balader dans la boutique comme une gamine.

— Je les veux, dis-je d'un ton ferme.

Ma mère vérifie le prix sur la boîte et pousse un soupir.

— Très bien, dit-elle.

Je jette un coup d'œil à Audrey qui m'observe en souriant.

— Tu seras ravissante. Amuse-toi bien à la fête, dit-elle.

J'ai l'impression que ce ne sera pas un problème.

CHAPITRE 7

Vendredi matin, il ne reste que trois semaines avant la remise de notre travail de groupe (et trois semaines et un jour avant ma fête d'anniversaire!). Mon groupe, composé de Dimitri, Grégory, Charlie, Nina, Alex et moi, doit se rendre à la bibliothèque pour faire des recherches. Normalement, j'aurais accueilli avec plaisir l'occasion de sortir de la classe et d'aller dans une des salles de travail à l'arrière de la bibliothèque. La longue table de conférence et les grandes chaises en font un endroit des plus confortables. Mais étant donné la composition de mon groupe, je ne suis pas certaine d'avoir envie d'y aller.

— Bonjour, chuchote Mme Hudon lorsque nous franchissons les portes vitrées. J'ai sorti quelques livres sur le Mexique que vous pourrez consulter à votre guise.

Mme Hudon s'occupe de la bibliothèque scolaire comme s'il s'agissait d'un lieu de culte. Elle a été rénovée l'année dernière, et compte des tables, des chaises et une moquette neuves. C'est un endroit agréable, et j'aime bien y flâner. Toutefois, Mme Hudon est très stricte sur le règlement. Impossible de parler autrement qu'à voix basse, de manger et surtout de plaisanter. Les livres sont à ses yeux des trésors inestimables, et elle insiste pour que chacun respecte le protocole de la bibliothèque. Malheureusement pour moi, elle joue au tennis avec ma mère le mercredi soir, et j'ai toujours l'impression qu'elle me surveille de très près. Peut-être que c'est seulement parce qu'elle connaît mon nom, mais j'essaie d'adopter une attitude irréprochable quand je viens à la bibliothèque. Ça ne peut pas nuire.

— Merci, dis-je.

Je souris, m'efforçant d'être l'élève modèle que ma mère souhaite que je sois.

Je fais vraiment de mon mieux, à l'école et à la maison, pour rester dans ses bonnes grâces d'ici la fête. J'essaie de ne pas me disputer avec Océane (aussi difficile que ce soit) et de m'acquitter de toutes mes tâches.

Grégory et Dimitri se dirigent vers une table tout

près et prennent deux livres. Ils plaisantent un peu, et Mme Hudon leur adresse un regard sévère.

— Prenez quelques livres, puis entrez dans la salle de travail si vous voulez parler, ordonne Mme Hudon tout bas, en détachant bien chaque mot.

Nina prend la chose au sérieux et choisit quatre ouvrages, alors que Charlie n'en prend qu'un (le plus mince de toute la table). Pas étonnant.

Dès que nous sommes tous dans la salle et que la porte est refermée, Charlie s'impose aussitôt. Elle se laisse tomber sur une chaise et commence à lancer des ordres.

— Je crois qu'on devrait commencer en notant simplement quelques idées.

Elle déchire une page de son cahier. Je remarque que ses cheveux blonds courts sont parfaitement coiffés, et que son chemisier bleu rappelle la couleur de ses yeux (fait qui, j'en suis certaine, ne lui avait sûrement pas échappé lorsqu'elle l'a choisi).

— J'ai une belle écriture, donc je peux m'occuper de prendre des notes, dit-elle à personne en particulier.

— Tu ne penses pas qu'on devrait d'abord faire un peu de recherche? dis-je. Il y avait de nombreux livres sur la table. Nous devrions probablement en consulter quelques-uns avant de commencer.

— Si tu veux, dit Charlie en haussant les épaules

comme si elle s'en moquait éperdument (ce qui est probablement le cas).

Je jette un coup d'œil rapide autour de la table.

— Est-ce que quelqu'un a pris un ouvrage sur la musique mexicaine? C'est une partie très importante de la culture de ce pays.

Lorsque tante Julie et oncle Jean-Philippe sont allés au Mexique pour leur lune de miel, ils ont rapporté des maracas et un CD de musique vraiment excellent. J'ai envie d'explorer cet aspect de la culture mexicaine.

— Il y avait un livre sur la musique, mais je crois qu'on l'a laissé à l'entrée, fait remarquer Dimitri. On devrait aller le chercher.

Il se lève et se dirige vers la porte.

J'ai l'impression que mon cœur va bondir hors de ma poitrine. Vient-il tout juste d'utiliser le mot on, comme dans lui et moi?

Je ne fais rien pour retenir le large sourire qui s'épanouit sur mon visage tandis que je le suis. Je sens le regard de Charlie dans mon dos, tel un rayon laser, au moment où Dimitri et moi quittons la pièce. Mais dès que nous avons franchi la porte, Grégory nous rejoint en courant.

— Je viens avec vous!

Bravo Grégory! Tu viens de gâcher ce beau moment! J'essaie de ne pas laisser paraître mon agacement.

Pourquoi a-t-il fallu qu'il nous suive?

— Au fait... murmure Grégory. Elle est super, ton invitation.

— Oui, ajoute Dimitri.

Ma gorge se contracte sous l'effet de la surprise, et je suis incapable de répondre.

— Ce sera sûrement une fête formidable, renchérit Grégory.

Je fixe les petits carrés bruns et beiges de la moquette. Je me sens comme paralysée. Vais-je vraiment rater une occasion de parler à Dimitri parce que j'ai temporairement perdu l'usage de la parole? C'est pathétique!

— Hum, merci, dis-je enfin.

Ce n'est pas la meilleure réplique jamais marmonnée, mais au moins j'ai réussi à dire quelque chose.

— Chuuut, fait Mme Hudon depuis son bureau.

Super.

Mes épaules s'affaissent, et je me précipite vers la table où se trouve la documentation sur le Mexique.

Alex arrive en bondissant derrière nous.

— Regardez ce livre! dit-il d'une voix forte.

Il brandit un ouvrage intitulé *Le Mexique et le baseball.*

— Il faut absolument prendre celui-là.

— Chuuuuut, siffle Mme Hudon de plus belle. S'il

vous plaît, apportez les livres dans la salle de travail, où vous pourrez parler.

Alex hoche la tête, saisit deux autres ouvrages au passage et nous fait signe de le suivre. Puisque je semble ne plus avoir de voix, je me contente de marcher derrière les garçons, le livre de musique mexicaine à la main.

Lorsque nous regagnons nos places, Nina est installée devant quatre livres ouverts. Elle griffonne des notes dans son cahier pendant que Charlie se met du brillant à lèvres.

Et tant pis pour la belle écriture de Charlie.

— Il nous faut un thème, déclare Nina. Quelque chose qui fera le lien entre toutes ces informations.

Cette chère Nina. De nouveau, je me sens coupable de ne pas l'avoir invitée à ma fête.

— Et n'oubliez pas qu'il faut faire une présentation à la classe, rappelle Alex.

Les yeux verts de Dimitri se posent sur moi, et je me rends compte, horrifiée, que je devais le fixer. Je baisse rapidement les yeux et regarde le livre de musique mexicaine posé sur mes genoux. J'essaie de trouver une bonne idée afin de participer à la discussion, mais je suis encore figée.

— Faisons une affiche comme dans les agences de voyages, propose Grégory. Comme une publicité géante pour tout le pays.

Tout le monde se tourne vers lui.

— C'est une excellente idée, dis-je en retrouvant enfin ma voix. Nous pourrions présenter tous les aspects culturels du pays.

Dimitri me regarde et sourit.

— J'adore!

Si j'étais un bonbon au chocolat, je fondrais. Je me découvre subitement une toute nouvelle passion pour le Mexique, ce pays qui nous a rapprochés, Dimitri et moi!

— Ça me plaît aussi, dit aussitôt Charlie.

Elle me lance un regard glacial.

Mais même ça ne parvient pas à me faire perdre ma bonne humeur.

Nous passons le reste de la période à discuter de ce qui devrait apparaître sur l'affiche, et du sujet que chacun de nous traitera dans la partie écrite. Juste avant la fin de la période, Mme Hudon frappe à la porte.

— Votre temps est écoulé, souffle-t-elle. Vous devez faire enregistrer les livres que vous voulez emprunter, puis regagner la classe de Mme Blondin.

Nous ramassons nos livres et nos cahiers. Je me demande si Mme Hudon parle à voix basse quand elle rentre chez elle.

Je retourne à notre classe avec Nina et Alex, derrière Grégory, Dimitri et Charlie. Je ne fais pas exprès d'écouter leur conversation. Je sais que c'est impoli. Mais comment puis-je faire autrement?

— C'était un match enlevant, raconte Grégory. Dimitri était en feu! Le gardien n'avait aucune chance contre son botté d'enfer!

— Je regrette d'avoir manqué ça, roucoule Charlie.

J'étouffe un grognement. On ne peut pas dire qu'elle soit très subtile. Je guette la réaction de Dimitri. Est-ce qu'elle lui plaît? Je dois reconnaître que Charlie, elle, est capable de parler à Dimitri, alors que je n'arrive pas à m'adresser directement à lui sans bégayer. Pas précisément la façon idéale de laisser savoir à un gars qu'il vous plaît.

— Il nous suffit de gagner les deux prochaines parties, continue Grégory. Si on gagne, on sera en finale. Le match de championnat se jouera à Greenville le 7 mars. J'espère qu'on va y arriver!

Je reste figée. Le 7 mars?

— Je suis convaincue que vous allez gagner, dit Charlie en battant des cils.

— C'est la date de ta fête d'anniversaire, non? chuchote Alex à mon oreille.

Je lui jette un regard réprobateur. Nina est juste à côté de moi. Je ne veux pas parler de la fête devant elle, ni laisser paraître mon affolement! Si les matchs de soccer se déroulent comme l'a décrit Grégory, les

89

garçons joueront dans une autre ville le jour de ma fête! Greenville est à plus de deux heures d'ici. Et si le match avait lieu dans l'après-midi? Aucun des garçons de l'équipe ne pourrait venir à ma fête d'anniversaire? Il manquerait dix garçons, et le rapport garçons-filles sur la piste de danse serait complètement déséquilibré.

En songeant à ma conversation avec Dimitri à la bibliothèque (si on peut appeler ça une conversation), je me rends compte qu'il n'a jamais dit qu'il avait l'intention de venir. Aucun des garçons de l'équipe n'a encore répondu. Il reste encore du temps avant la date limite, mais... Je m'efforce de ne pas céder à la panique.

Je me demande ce qu'une organisatrice de réceptions expérimentée me conseillerait. Je ne peux pas consulter une professionnelle, mais je peux toujours compter sur Lara et Bianca.

Une fois de retour en classe, je fixe la grosse horloge au-dessus de la porte. Les aiguilles avancent tellement lentement! Je sens que je vais exploser si je ne peux pas parler à mes amies bientôt.

La sonnerie retentit enfin, et j'attends que nous soyons à nos casiers pour leur faire part de ce que j'ai entendu.

— Ce n'est pas certain que les gars joueront le 7, dit Lara pour me rassurer.

— Ne te fais pas de souci, ajoute Bianca en cherchant un cahier dans son casier. Il est trop tôt pour angoisser.

Facile à dire.

Si les garçons ne viennent pas, tout sera gâché! Ma fête d'anniversaire ne sera pas un éclatant succès, mais un énorme flop.

Après l'école, ma mère, Océane et moi nous rendons au Riviera pour rencontrer Sylvia, la gérante. Je ne me suis pas encore remise de mes émotions, mais le fait de me retrouver au Riviera a tôt fait de ranimer mon enthousiasme.

À notre arrivée, Sylvia me présente le D.J., Maxime. Il a l'air d'un mannequin qui arrive tout droit d'une séance de photos. Il a des boucles brun foncé et des yeux d'un bleu profond dotés de longs cils. J'ai hâte que Bianca et Lara fassent sa connaissance. Elles vont l'adorer!

— Salut, dit Maxime d'une voix grave qui me rappelle celle des animateurs de radio.

Il me tend la main.

— Tu dois être la vedette de cette fête d'anniversaire dont j'ai entendu parler.

Mes joues s'enflamment instantanément.

—Euh, oui.

Il fait un clin d'œil à Océane et serre la main de

ma mère.

— On a tous hâte d'être à cette fête, dans deux semaines, poursuit-il.

Il me remet une feuille et un stylo.

— J'aimerais que tu jettes un coup d'œil à cette liste de chansons. C'est pour vérifier lesquelles tu veux entendre, ou ne pas entendre, durant la fête.

— Parfait.

J'ai effectivement une opinion à ce sujet.

— Combien de danseurs aimerais-tu avoir? demande Maxime.

Comment ça? Je veux que tout le monde danse!

Remarquant mon air perplexe, il sourit.

— Nous avons des danseurs qui viennent motiver les invités, explique-t-il. Ils sont tous très talentueux. Je suggère généralement d'en engager six pour une fête de cette importance.

Oh, exactement comme lors de la fête de Kara! me dis-je en me souvenant des détails que j'ai entendus.

— Six? répète ma mère.

La ride familière a réapparu sur son front.

— Bien sûr. Ça crée une ambiance du tonnerre tout au long de la fête, explique Maxime. On peut également faire un tas de choses amusantes, comme porter Cassandre lors de son entrée, animer une petite cérémonie au moment de servir le gâteau, inviter Cassandre à exécuter une chorégraphie avec les danseurs...

J'imagine une arrivée royale où je serais portée par quatre danseurs, comme la reine de Saba pour son entrée à la cour. Il y aurait une machine à brouillard, des applaudissements et des confettis. Si tous les danseurs sont aussi beaux que Maxime, je me sentirai comme une vedette de cinéma un soir de première.

La voix de ma mère interrompt ma rêverie.

— Je ne pense pas qu'on ait besoin de tout ça. Nous voulons quelque chose de simple.

J'ai envie de crier : *Non, c'est faux!*

On n'a jamais dit que ma soirée d'anniversaire devait être simple! Ma mère essaie-t-elle de saboter la fête? Godzilla se réveille, mais je suis prête à lutter. Nous nous sommes déjà disputées au sujet de l'invitation et de la robe, maintenant pour le déroulement de la fête?

Pas question!

— Maman, dis-je en serrant les dents.

— Je comprends, intervient Maxime.

Il me regarde et affiche un grand sourire.

— On va bien s'amuser, ne t'inquiète pas, Cassandre, me rassure-t-il. Retourne-moi la liste de chansons par courriel, et je vais m'assurer de faire jouer tes préférées. Je parie que tes amis n'auront pas besoin d'être motivés pour danser.

Je n'ai pas vraiment réfléchi à ça. Lors de la soirée en l'honneur de Maéva et Grégory, la plupart des invités dansaient. Mais il faut dire qu'il y avait trois fois plus de monde!

— Voici nos menus pour le souper, dit Sylvia en s'approchant. Nous pourrons finaliser le tout lorsque vous aurez le nombre d'invités. Aujourd'hui, nous avons quelques morceaux de gâteau que nous aimerions vous faire goûter. Vous nous direz ensuite lequel vous préférez.

— Merci, dis-je.

Je parcours rapidement le menu et constate avec soulagement qu'il propose plusieurs choix de plats différents, et pas de pizza.

— Les gâteaux sont dans la salle du fond, qui est déjà décorée pour une fête qui aura lieu plus tard ce soir, précise Sylvia. Cela vous donnera une bonne idée de ce que nous faisons comme décorations.

Ma mère et Océane me suivent dans la salle. Il y a des bouquets de ballons argentés et blancs sur chacune des petites tables rondes, et des étoiles scintillantes suspendues au plafond.

— La fête de ce soir est donnée pour le lancement d'un nouveau parfum appelé Minuit; nous avons donc exploité le thème du firmament, explique Sylvia. Si tu veux, nous pourrions placer des ballons aux couleurs vives dans des paniers de bonbons placés sur chaque table. Les ballons créent une atmosphère de fête.

Sur l'une des tables se trouvent quatre différents morceaux de gâteau. Océane me dépasse en trombe et s'assoit sur l'une des chaises. Elle prend une fourchette et s'apprête à attaquer le gâteau blanc décoré de glaçage rose.

— Minute papillon! dis-je en lui attrapant la main. C'est moi qui goûte la première.

Océane fait la grimace et se laisse retomber contre le dossier de la chaise. Je m'empare d'une fourchette et la plonge dans le gâteau au chocolat noir orné de glaçage blanc.

— C'est du glaçage à la guimauve? dis-je, la bouche pleine.

— Oui, répond Sylvia en souriant. C'est l'un de mes préférés.

— Miam, et l'un des miens aussi!

Je déguste chaque miette.

Je goûte ensuite aux autres morceaux, puis Océane et ma mère y goûtent à leur tour.

— Celui au chocolat avec de la guimauve est imbattable, déclare ma sœur.

Ma mère hoche la tête.

— Je crois que c'est également mon préféré.

Je suis heureuse qu'on s'entende enfin sur quelque chose!

— J'ai pensé qu'on pourrait placer une longue

table ici et la décorer de bonbons, dit Sylvia en désignant l'avant de la salle. De plus, notre chef, Vito, prépare une table à desserts exquise, avec fontaine de chocolat, fondue et succulents petits chocolats maison.

Tout ce qui me vient à l'esprit, c'est l'expression de surprise sur les visages des invités quand ils apercevront les petites douceurs. La seule fois où j'ai vu une fontaine de chocolat, c'était dans un film racontant l'histoire d'une princesse. Elle assistait à un bal royal, et il y avait une immense fontaine de chocolat au lait. Elle y trempait des fraises et de minuscules guimauves à l'aide d'un délicat bâtonnet en argent.

— Et les cornets de crème glacée dont on avait parlé? demande ma mère.

— Mais le thème, c'est les bonbons, dis-je. Une fontaine de chocolat conviendrait à merveille!

— La fontaine entraîne des coûts supplémentaires, admet Sylvia. Nous pourrions présenter le chariot de crème glacée comme prévu et placer des seaux remplis de friandises sur une table.

Elle se tourne vers moi.

— Nous avons de ravissants seaux argentés qui auraient une allure du tonnerre une fois disposés autour de la salle. Et ce serait tout à fait dans l'esprit du thème de bonbons.

J'ai envie de serrer Sylvia dans mes bras. C'est une idée formidable. Elle a totalement saisi ce que je voulais!

— Est-ce que vous avez une machine à bulles? dis-je. Pour la piste de danse?

Ma mère lève les yeux au ciel. Je vois bien qu'elle additionne les chiffres dans sa tête.

Sylvia sourit.

— Oui, nous en avons une, et je suis certaine que Maxime trouvera un moment pour vous mitrailler de bulles, tes amis et toi.

— Est-ce que c'est en supplément? demande ma mère.

— Non, répond Sylvia. Les bulles sont incluses dans le forfait.

Je promène mon regard sur la salle « Minuit » et l'imagine remplie d'amis admirant les paniers de bonbons colorés sur les tables.

On dirait bien que les choses s'arrangent!

Pour l'instant, du moins.

CHAPITRE 8

Je sais qu'il existe un dicton selon lequel « la patience est une vertu », mais celui qui a dit ça n'attendait sûrement pas des réponses à ses invitations.

Il reste exactement une semaine avant ma fête d'anniversaire, et c'est aujourd'hui la date limite pour répondre à l'invitation. Pourtant, je n'ai toujours pas coché les noms de Charlie et des gars de l'équipe de soccer. Les joueurs sauront demain (dimanche) s'ils participeront à la finale. Quant à Charlie, aucune nouvelle. Ça, c'est bien elle. Je sais que les parents de Charlie seront là, mais leur réponse n'indiquait pas le nom de leur fille. Dans son cas, je me dis que pas de nouvelles, bonnes nouvelles!

Ça me rend folle de ne pas avoir reçu la réponse

de Charlie... mais il faut dire que tout me rend un peu folle ces jours-ci.

Depuis la semaine dernière, j'essaie de me laisser pousser les ongles, je prends garde de ne pas me faire de bleus ni d'éraflures aux genoux (particulièrement durant mes leçons de tennis) et j'utilise un traitement réparateur pour mes cheveux. Je veux être à mon avantage pour la fête! Quand Lara a suggéré une soirée « pyjama et spa » pour samedi soir, j'ai tout de suite dit oui. Lara a reçu un coffret « spa » à Noël, et nous étions toutes d'avis que c'était le moment parfait, une semaine avant le grand jour, pour s'offrir des soins de beauté.

Pendant que Lara prépare le mélange de masque nourrissant aux algues enrichi de vitamines, je me connecte à ma boîte de réception sur son ordinateur. Je retiens mon souffle en vérifiant mes courriels. J'adore recevoir des messages, surtout quand il s'agit de réponses pour ma fête d'anniversaire.

Par conséquent, je déteste particulièrement que ma boîte de réception soit vide.

Le moment le plus déprimant quand on vérifie constamment ses courriels, c'est quand on constate qu'il n'y a pas de nouveau message. Je me détourne de l'ordi, découragée.

— Saviez-vous que dans la culture mexicaine, les filles ont une *quinceañera* pour marquer leur quinzième anniversaire? dis-je à Lara et Bianca dans l'espoir de me changer les idées. Il s'agit d'une grande célébration qui donne lieu à des soirées grandioses.

— Il n'y a pas à dire, tu n'as que les fêtes d'anniversaire en tête, dit Lara en levant les yeux au ciel.

Elle applique une crème sur ses coudes et passe le tube à Bianca.

— Naturellement. Ma fête d'anniversaire a lieu dans une semaine!

— On est au courant, marmonne Bianca.

— Il y a encore beaucoup à faire.

Je prends mon cahier et scrute la liste de choses à faire.

— Est-ce que je vous ai dit que j'avais choisi les contenants pour les bonbons haricots?

Je tapote mon menton avec mon stylo violet.

— Ils sont tellement jolis! L'employé de *La Planète Bonbon* a dit qu'on pourrait les entourer d'un ruban violet orné du chiffre 13. On a commandé 20 kilos de bonbons haricots!

— Mmm, mmm, fait Lara d'un air distrait.

Elle trempe un doigt dans la substance verte et visqueuse.

— Allons-y pour le masque, dit-elle. C'est prêt.

Elle étale adroitement le mélange sur son visage à l'aide d'un petit pinceau.

— On dirait de la boue verte! s'exclame Bianca en

sautant du lit. J'en veux!

Je poursuis mes explications.

— Au centre de chaque table, il y aura un panier rempli de friandises ainsi qu'un bouquet de ballons aux couleurs de l'arc-en-ciel. J'ai dit à ma mère qu'une fois la fête terminée, je voulais donner les centres de table à un hôpital pour enfants, et partager les bonbons avec les petits malades qui les apprécieront sûrement.

— Tu nous l'as déjà dit, souligne Bianca en appliquant la préparation verte sur son visage devant le miroir.

— Il faut le laisser sécher, dit Lara en lisant les instructions sur le coffret. Cassandre, viens l'essayer.

Je prends le pinceau déjà enduit de crème verte gluante.

— La grande question, dis-je en étalant le masque, c'est de savoir si les garçons de l'équipe de soccer pourront venir ou pas.

— Je ne suis pas sûre de pouvoir attendre plus longtemps, soupire Bianca.

— Je sais, dis-je. Ce suspense me tue!

Bianca me dévisage durement pendant un long moment.

— Je parlais d'aller rincer mon masque, précise-t-elle.

Lara jette un coup d'œil à son réveil sur la table

de chevet. Elle a noué ses cheveux blonds en queue de cheval haute, et son visage est vert électrique.

— Il faut le garder encore quelques minutes, dit-elle.

Je secoue la tête, surexcitée.

— Je n'arrive pas à le croire. À cette heure la semaine prochaine, nous serons à ma fête d'anniversaire!

— Ne parle pas, tu vas faire craquer ton masque, dit Lara.

— Je ne pense pas que Cassandre puisse arrêter de parler de sa fête d'anniversaire, marmonne Bianca en s'efforçant de ne pas remuer ses joues durcies.

— Qu'est-ce que tu veux dire par là?

— Je crois que ça fait assez longtemps maintenant, annonce Lara en se dirigeant vers la salle de bains. Allons nous rincer.

Nous entrons dans la petite pièce l'une après l'autre pour enlever nos masques. Je dois reconnaître que, visqueuse ou pas, la substance verte a bel et bien adouci ma peau.

— Lara, est-ce que je peux vérifier mes courriels? dis-je en rinçant ma débarbouillette dans le lavabo.

— Laisse-moi deviner... répond Lara sans me regarder. Tu veux voir si tu as de nouvelles réponses pour ta fête d'anniversaire?

— Tu les as vérifiés il y a à peine dix minutes,

grogne Bianca.

Mes amies échangent un regard.

— Quoi? dis-je.

Je les fixe et hausse les épaules.

— Vous ne voulez donc pas savoir qui sera là?

— Depuis que tu es arrivée, tu ne fais que parler de ta fête d'anniversaire, lâche Lara en sortant de la salle de bains.

Je la suis, m'assois à son secrétaire et me connecte à mon compte.

— Très drôle, dis-je.

Mais personne ne rit.

J'oublie tout ça à l'instant où ma boîte de réception apparaît à l'écran. Je reste figée.

— J'ai un courriel de Charlie!

Voilà la réponse que je redoute depuis que j'ai vu le nom de Charlie gribouillé au stylo vert sur ma liste d'invitations. Je lis rapidement le courriel.

Mon cœur se serre.

— Je n'arrive pas à le croire, dis-je tout bas. Elle va venir à la fête!

Je me penche en avant et lis le courriel à haute voix :

— Cassandre, mes parents ont dit que je devais t'écrire pour te dire que je viendrai à ta fête d'anniversaire. Charlie.

— Qu'est-ce que ça peut bien te faire qu'elle

vienne? demande Bianca. Si tu ne l'aimes pas, pourquoi te préoccupes-tu tant de ce qu'elle pense?

Je me retourne et foudroie Bianca du regard. Comment peut-elle me poser une question pareille?

— Est-ce qu'on pourrait, s'il vous plaît, parler d'autre chose que de la fête? intervient Lara.

Elle pousse un profond soupir et se laisse tomber sur son fauteuil poire.

Je plisse les yeux.

— Qu'est-ce que tu viens de dire?

La pièce est complètement silencieuse.

— C'est ce que tu penses vraiment? dis-je avec insistance.

— Lara, dit doucement Bianca.

On dirait qu'elle la met en garde contre un chien féroce ou quelque chose du genre.

Lorsque je me rends compte que c'est moi le chien féroce, je leur tourne le dos et prends une grande inspiration. Il doit s'agir d'un malentendu.

— Allez, dis-je au bout d'une minute. Ce sera *la fête* d'anniversaire de l'année.

— Eh bien, ce n'est pas une raison pour ne parler que de ça toute l'année! dit Bianca d'un ton brusque.

— J'en ai assez de parler de cette fête, ajoute Lara à voix basse. On ne parle que de ça depuis des semaines.

Je n'en reviens pas!

— Une minute, est-ce que vous vous rendez compte de tout le temps que j'ai passé à planifier cette fête? Avez-vous la moindre idée de tous les détails auxquels il faut penser et de toutes les décisions qu'il faut prendre pour une fête parfaite?

Le ton de ma voix a monté, mais je suis incapable de m'arrêter.

— Je suis soumise à une forte pression, voyez-vous! Mais quelle sorte de meilleures amies êtes-vous donc?

L'impact de mes paroles se ne fait pas attendre. Les yeux de Lara s'emplissent de larmes, et Bianca détourne le regard.

— Ce n'est pas parce que tu vas avoir 13 ans que tu dois devenir un monstre d'égoïsme! s'écrie Bianca.

Elle a le visage tout rouge.

— Tu te souviens, tu nous as dit que ce serait une fête pour nous toutes? Ce n'est plus du tout l'impression qu'on a.

Elle se penche et ramasse son sac à dos.

— Je rentre chez moi.

Sur ce, elle quitte la pièce comme un ouragan.

Je regarde le réveil. Il n'est que 19 h 30.

— J'imagine que la soirée pyjama est à l'eau, n'est-ce pas?

Lara hausse les épaules. Elle ne m'accorde même pas un regard.

Je prends mon sac et me dirige vers la porte. J'avais même apporté mes meilleurs films « quatre cœurs » pour plus tard. Je crois bien que je vais les regarder chez moi... seule.

Je ne me rappelle pas m'être disputée avec Lara et Bianca. Alors que je rentre chez moi d'un pas lourd, ma colère fait peu à peu place à la tristesse. Moi qui craignais que Charlie gâche tout, voilà que c'est moi qui me crée mon propre film d'horreur.

Bianca a peut-être raison. Peut-être que c'est moi qui suis devenue un monstre.

CHAPITRE 9

Quelques jours plus tard, j'ouvre mon cahier de planification et regarde fixement le calendrier collé au milieu. Mon anniversaire arrive à grands pas, mais je n'ai pas le cœur à la fête.

Lara et Bianca ne me parlent toujours pas. Ça n'arrange probablement pas les choses que je ne leur parle pas non plus, mais je ne sais pas quoi faire. Depuis la soirée pyjama ratée, tout a changé. Même quand j'ai appris que le match des garçons aurait lieu le matin et qu'ils pourraient tous venir à ma fête d'anniversaire, je n'arrivais pas à être heureuse à cent pour cent. Les gars viendront à la fête... mais Lara et Bianca seront-elles là?

Au moins, mon travail sur le Mexique va bon train. J'ai gravé sur un CD de l'excellente musique mexicaine, et j'ai fait un schéma illustrant les instruments populaires. Chaque membre de notre groupe est censé s'occuper d'un élément de l'affiche, en plus d'écrire un texte sur une période spécifique. Étonnamment, tout le monde suit le plan établi lors de notre première réunion.

Ma rédaction porte sur le Mexique des années 30. Puisque je suis, moi aussi, au beau milieu de ma Grande dépression personnelle, je suis dans de bonnes dispositions pour écrire sur le Mexique à cette époque difficile.

C'est la semaine que j'ai attendue toute l'année, et il me semble qu'elle passe beaucoup trop vite. Je ne veux pas que le vendredi arrive tout de suite! Si mes meilleures amies ne viennent pas à ma fête d'anniversaire, je serai incapable de m'amuser.

— Es-tu prête pour ta grande présentation? demande mon père lorsque j'entre dans la cuisine vendredi matin.

— Je crois, dis-je en haussant les épaules.

— Je suis certaine que ton groupe s'en tirera très bien, dit ma mère en me tendant une assiette d'œufs brouillés.

— Quand je serai en 1re secondaire, je serai la vedette de mon groupe, chantonne Océane. Qu'en penses-tu?

Elle me décoche un grand sourire à l'autre bout

de la table.

Je ne suis pas d'humeur à argumenter.

— Je n'en doute pas une seconde, dis-je simplement.

Je me demande si elle a perçu le sarcasme dans ma voix. Ce serait difficile de le rater.

— Comment vont Bianca et Lara? demande mon père.

Il verse du café dans sa tasse et ajoute une cuillerée de sucre à la boisson noire.

— Je ne les ai pas vues de la semaine, dit-il.

Je regarde la tasse qu'il tient dans sa main. À l'occasion de la fête des Pères l'an dernier, Lara, Bianca et moi avons offert des tasses à nos pères. Nous avons passé la journée dans une boutique du centre commercial où l'on peut fabriquer et peindre une poterie. Nous avons toutes choisi le même modèle de tasse, mais la mienne a été plutôt ratée puisque je n'arrivais pas à choisir une seule couleur. J'ai fini par en utiliser trois ou quatre, ce qui a donné à ma tasse une jolie teinte de... brun. (Bianca a dit que c'était chocolat, et non brun, ce que j'ai apprécié.) Celle de Lara était toute jaune, tandis que Bianca a peint trois petites tasses sur la plus grosse avant d'inscrire son nom et celui de ses frères sous chacune d'elles. Les larmes me montent aux yeux rien qu'à regarder la tasse.

— Oh non, dit mon père d'un ton affolé en voyant ma réaction. Qu'est-ce que j'ai dit?

Il a l'air d'un petit enfant qui a brisé le vase préféré de sa mère.

Ma mère s'approche et me serre contre elle. Lorsque je suis revenue de chez Lara samedi soir, elle a fait la même chose. Même si nous nous sommes querellées à propos de la fête, tout ce que je voulais en rentrant ce soir-là, c'était qu'elle me prenne dans ses bras. Elle m'a caressé les cheveux et m'a dit qu'elle était sûre que les choses allaient s'arranger. Je voulais la croire, mais jusqu'à maintenant tout ce que nous avons fait, c'est nous éviter.

— Ah, les ados! dit Océane d'un ton sarcastique.

Peut-être pour la première fois de sa vie, Océane a raison. Je suis une adolescente... Du moins, je le serai demain. Je ne suis plus une enfant. Je dois me ressaisir. J'ai une présentation à faire, et deux amies avec qui je dois me réconcilier à la suite d'une dispute vraiment stupide.

Je m'essuie les yeux et souris à ma mère.

— Merci, dis-je. Je dois partir maintenant.

— Je vais te conduire, propose mon père.

L'école n'est qu'à quelques pâtés de maisons de chez nous, mais le trajet me paraît plus long sans Lara. Je déteste passer devant chez elle le matin sans m'arrêter. Peut-être qu'un petit tour en voiture m'aidera à commencer ma journée du bon pied.

— Voilà pourquoi vous devriez planifier un séjour au Mexique, dit Grégory. La longue histoire et la culture intéressante de ce pays en font une destination incontournable pour vos prochaines vacances.

Toute la classe applaudit, et les membres de mon groupe arborent une mine réjouie. Chacun de nous a lu son texte devant notre affiche bien détaillée, d'ailleurs fort réussie. Tout le monde a travaillé en équipe, y compris Charlie.

Nous regagnons nos places, satisfaits de notre présentation. Je jette un coup d'œil vers Bianca et Lara, mais ni l'un ni l'autre ne regarde dans ma direction. Je m'affaisse sur ma chaise.

Jordane et Dylane félicitent Charlie, tandis que je reste assise à mon pupitre, tripotant la couverture de mon cahier violet. Personne ne me dit quoi que ce soit.

— Hé, Cassandre, dit soudain Alex derrière moi d'un ton animé. Je crois que Mme Blondin a beaucoup aimé notre affiche et notre présentation. Qu'en penses-tu?

— Oui, dis-je simplement.

Je remarque que Charlie sourit à Dimitri. Pfft! Je ne vois pas le visage de Dimitri, mais je me demande s'il lui sourit aussi.

— Je trouve que notre présentation était la plus originale, tu ne crois pas? demande Alex.

— Oui, je suppose, dis-je, ne l'écoutant que d'une oreille.

— Tu devrais faire jouer de la musique mexicaine à ta fête d'anniversaire, poursuit-il. Ce serait super pour danser!

Je ne peux faire autrement que de sourire. Au moins, j'ai un ami qui est excité à l'approche de ma fête.

— Je suis extrêmement contente de tous vos travaux, dit Mme Blondin à la classe. J'ai beaucoup apprécié la présentation sur le Mexique. Vous avez tous fait de l'excellent travail.

La sonnerie retentit au même instant, et tout le monde se rue hors de la classe, y compris Lara et Bianca. Je n'ai même pas la chance de leur dire à quel point j'ai aimé les croissants qu'elles ont distribués durant leur présentation sur la France.

Comme elles l'ont fait toute la semaine, mes deux amies disparaissent aussitôt le cours terminé. Ensuite, elles sont introuvables. Après l'école, je reste à mon casier un peu plus longtemps au cas où j'en apercevrais une dans le couloir. Mais de toute évidence, elles sont parties.

Je sais que dès que j'arriverai à la maison, il me

faudra retrouver mon entrain. Mes grands-parents, tante Julie et oncle Jean-François seront là. Ils passeront tous la nuit dans un hôtel du centre-ville, mais ils viennent souper à la maison. Au début, j'avais vraiment hâte, mais maintenant ça ne me dit plus grand chose. J'ai l'impression d'être l'un de ces ballons métallisés qui se dégonflent dans l'air froid de l'hiver une fois sortis du magasin. Découragée, je rentre chez moi.

— Bonjour, ma chérie! s'exclame ma grand-mère en ouvrant la porte pour m'accueillir.

Elle porte un survêtement vert fluo et des chaussures de sport d'un blanc étincelant. Ma mère se moque toujours de ses choix de couleurs, mais moi ça me plaît bien. Depuis qu'elle a déménagé en Floride avec mon grand-père, ma grand-mère semble affectionner de plus en plus les couleurs vives. Je trouve que ça lui donne un air joyeux.

— Comment va mon ado de petite-fille? demande mon grand-père derrière elle.

Il repousse ses lunettes rondes sur son nez.

Je les serre tous les deux très fort dans mes bras. Je ne vois pas les parents de ma mère aussi souvent que lorsque j'étais petite. Ils séjournent maintenant en Floride pendant presque tout l'hiver, et reviennent pour le printemps et l'été.

— Comment vas-tu, mon cœur? roucoule ma

grand-mère en me caressant les cheveux. Tu as tellement grandi.

— C'est une adolescente maintenant, dit mon grand-père en souriant.

— *Presque*, approuve ma grand-mère avec une expression de fierté. Plus qu'un jour!

Tante Julie et oncle Jean-François sortent de la cuisine pour venir me saluer, ce qui donne lieu à de nouvelles étreintes. Tante Julie est la sœur cadette de mon père. Il prétend qu'autrefois, ils se disputaient autant qu'Océane et moi. J'ai du mal à le croire.

— Nous étions en train de déballer les cadeaux souvenirs, explique tante Julie. Il y a tellement de petits contenants de plastique!

— Et cette boîte de *La Planète Bonbon* pèse une tonne! s'exclame oncle Jean-François. On dirait plutôt 20 tonnes de bonbons haricots.

Je les suis dans la cuisine, qui s'est transformée en véritable centrale! Un tas de contenants de plastique sont alignés sur la table. Il y a de grosses boîtes partout, jusque dans la salle à manger. Ma mère se tient au milieu de tout ce chaos, une planchette à pince à la main.

— Bonjour, ma chérie. Comment s'est passée ta présentation?

— Bien, dis-je, un peu distraite par tout ce désordre. Mais l'ère de glace n'est pas terminée.

Cela suffit pour la mettre au courant de ce qui se passe avec Lara et Bianca sans m'attirer les questions des autres.

— Je suis navrée, ma chérie. Peut-être que tu pourras leur parler plus tard aujourd'hui.

— Je l'espère.

Toutefois, je ne suis pas si sûre qu'elles voudront bien me parler.

Ma mère m'entoure de son bras et me serre contre elle.

— Tu peux arranger ça. Je parie qu'aucune d'entre vous ne se souvient même de ce qui a provoqué cette dispute.

Encore une fois, pas si sûre. Je suis convaincue que nous nous rappelons toutes cette fête dans ses moindres détails.

— C'est DINGUE!

La voix d'Océane nous parvient de la salle à manger.

— Vous avez vu toutes ces boîtes?

Ma mère et ma tante s'esclaffent.

— Oh, Océane, n'en fais pas toute une histoire, dit ma mère. Nous aurons vite fait de répartir ces bonbons haricots dans les contenants.

Océane surgit dans la porte de la cuisine, les mains sur les hanches.

— Non, c'est vraiment dingue. Les boîtes sont

remplies de noix!

— Quoi?! dis-je d'une voix aiguë en fonçant dans la salle à manger.

C'est sûrement une blague. Je l'espère, du moins. Et si c'est le cas et qu'Océane a cru qu'on la trouverait drôle, je vais l'assassiner.

Mais effectivement, Océane a raison. (Pour la deuxième fois aujourd'hui, rien de moins.) Au lieu des 20 kilos de bonbons haricots de toutes les couleurs, ce sont des noix mélangées salées que contiennent les boîtes!

— On dirait bien que le chiffre 13 porte vraiment malheur, marmonne Océane.

CHAPITRE 10

Tandis que ma mère téléphone à *La Planète Bonbon* pour tenter de régler le problème des bonbons haricots perdus, je monte en courant dans ma chambre. Je jette mon cahier de planification par terre et m'effondre sur mon lit. Mais que s'est-il donc passé? Dire que pendant des semaines et des semaines, je me suis tellement tracassée pour savoir si Charlie viendrait à la fête! Maintenant, c'est le cadet de mes soucis. Mes deux meilleures amies ne m'adressent plus la parole, et par-dessus le marché ce fiasco avec les bonbons risque de tout gâcher.

J'allonge le bras et m'empare de Monsieur l'Ourson. Dès que je me sens triste, ce petit ours brun me réconforte. Je le serre fort et enfouis ma tête dans l'oreiller.

On frappe doucement à la porte, et j'entends la voix de tante Julie.

— Cassandre, est-ce que je peux entrer?

— Si tu veux, dis-je en reniflant.

Barney se faufile derrière elle et saute sur le lit à côté de moi. Je lui gratte les oreilles, heureuse de voir un visage amical.

Tante Julie s'assoit aussi.

— Ah, Monsieur l'Ourson! dit-elle en souriant.

Elle lui caresse la tête.

— Je me rappelle quand ton père l'a acheté. Le jour de ta naissance, il est descendu à la boutique de l'hôpital. Il voulait que tu aies un ourson dans ton lit de bébé quand tu arriverais à la maison. Je crois que vous êtes inséparables depuis!

Je souris.

— Oui, je l'adore.

Sa peluche est un peu emmêlée, et son œil droit est abîmé, mais c'est quand même le meilleur ourson au monde. Je l'étreins encore plus fort.

— J'ai toujours mon ourson moi aussi, Panda, me souffle tante Julie à l'oreille.

Elle me fait un clin d'œil.

— Quand je suis triste, j'aime encore lui faire un câlin, ajoute-t-elle.

— J'ai l'impression que tout s'écroule autour de moi. J'avais plein de beaux projets pour mon anniversaire, et tout tombe à l'eau.

Tante Julie effleure mes cheveux.

— On a encore le temps de régler tout ça, me rassure-t-elle. Ta mère est partie au magasin de bonbons. Ils essaient de savoir où sont passées les 20 kilos de bonbons haricots. Peux-tu imaginer la surprise de ceux qui s'attendaient à recevoir des noix?

— Pour eux, c'est une agréable surprise.

Les bonbons haricots sont bien meilleurs que les noix, après tout. Je me cache la tête sous l'oreiller.

— Tante Julie, ton mariage était absolument parfait, gémis-je. Je voulais que ma fête d'anniversaire le soit aussi!

— Oh, mon mariage n'était pas parfait!

Tante Julie enlève l'oreiller qui me cache le visage et le lance au bout du lit.

— Savais-tu qu'ils ont oublié de servir les pâtisseries à la fin de la soirée, et qu'il y avait des roses roses dans les centres de table au lieu des roses pêche que j'avais choisies? dit-elle.

Elle sourit, et ses yeux pétillent.

— Mais personne n'a remarqué ces petits détails, sauf moi. Et tu sais quoi? La réception a été des plus réussies malgré tout.

— Je comprends.

Je sais qu'elle essaie de me remonter le moral,

mais le fait d'entendre ce qui a mal tourné pour d'autres ne m'aide pas vraiment.

— Jean-François et moi t'avons acheté un petit quelque chose pour ton anniversaire, reprend-elle. J'aimerais te le donner maintenant, si tu es d'accord.

Elle se lève et sort de ma chambre. Lorsqu'elle revient quelques secondes plus tard, elle tient une boîte violette ornée d'un ruban en velours de la même couleur.

— Joyeux treizième anniversaire, Cassandre, chantonne-t-elle.

La boîte me paraît trop belle pour l'ouvrir.

— Merci.

Je déchire le papier d'emballage avec précaution et découvre un sac du soir en tissu violet scintillant. Il est superbe, et très chic. Je l'adore!

— Ça alors! dis-je en admirant le sac. Il est magnifique! En plus, c'est ma couleur préférée! Merci beaucoup.

— J'ai pensé qu'il te plairait, sourit-elle.

Elle s'approche et me serre dans ses bras.

— Oh, et regarde à l'intérieur.

J'ouvre le sac. J'y trouve un bâton de rouge à lèvres mince et argenté. J'enlève le capuchon. Le rouge est en fait un rose tendre.

— Essaie-le, m'encourage-t-elle. Je suis persuadée que cette couleur t'ira très bien.

Je me lève et me place devant mon miroir. Lentement, j'applique le rouge. La couleur est juste assez prononcée pour donner une subtile teinte de rose à ma bouche. J'aime bien le fait qu'il ne soit pas super luisant, tout en faisant briller un peu mes lèvres.

Tante Julie joint les mains.

— Je savais qu'il t'irait! s'exclame-t-elle. Oh, Cassandre, tu es ravissante.

— Julie…

La tête blanche de ma grand-mère apparaît dans l'embrasure de la porte.

— Ton cellulaire n'arrête pas de bourdonner, dit-elle.

Elle tend le téléphone à ma tante.

Cette dernière vérifie rapidement ses courriels à l'écran.

— Je m'absente du bureau une journée, et voilà ce qui arrive, ronchonne-t-elle.

Elle se tourne vers moi.

— Tout ira bien, m'assure-t-elle. Pendant que ta mère s'occupe de l'affaire des bonbons haricots perdus, tu pourrais appeler Lara et Bianca, qu'en dis-tu? Ta mère m'a raconté votre dispute. Tu sais, personne ne se souvient jamais vraiment de ce qui a provoqué une querelle. L'important, c'est la réconciliation.

Elle dépose un baiser sur mon front et s'élance dans le couloir derrière ma grand-mère, son cellulaire à la main.

Une fois qu'elles sont parties, je promène mon regard dans la pièce tout en réfléchissant. Mon cahier de planification repose par terre non loin de mon lit, ouvert à la page où Lara a dessiné il y a quelques semaines. Je ramasse le cahier et souris en apercevant l'esquisse de la robe. Il y a une tache de macaroni au fromage sur la page. Je soupire. Ce jour-là à la cafétéria me paraît si loin. Nous étions encore amies, alors.

Soudain, je me rends compte que nous n'avons aucune raison de cesser d'être amies. Cette histoire n'a pas besoin de se terminer comme en quatrième année, lorsque Charlotte a renoncé à notre amitié. Tante Julie a raison. Je me fiche pas mal du motif de notre dispute. Je veux seulement qu'on fasse la paix.

Je roule sur mon lit et prends mon cellulaire dans mon sac. Je retiens ma respiration tandis que la sonnerie résonne. Lorsque Lara finit par répondre, je suis incapable de parler. Je ne sais pas quoi dire.

Par où commencer? *Je suis désolée de m'être changée en monstre? Mon cerveau était contrôlé par des extraterrestres organisateurs de fête?*

— Oh, Lara, dis-je au bout d'un moment. Je suis tellement désolée!

Je retiens mon souffle en attendant qu'elle dise quelque chose. Peut-être qu'elle va simplement me raccrocher au nez.

— Moi aussi! s'exclame Lara, à mon grand soulagement. Je déteste les disputes. Et tu me manques. En plus, ta fête d'anniversaire commence dans moins de 24 heures!

— Oh, ne m'en parle pas, dis-je en gémissant.

Je lui raconte ce qui s'est passé avec les bonbons haricots. Elle m'annonce qu'elle arrive tout de suite.

Bianca a la même réaction.

— Ne bouge pas. J'arrive.

Moins de vingt minutes plus tard, mes deux meilleures amies sont assises à côté de moi sur mon lit.

— Je suis sincèrement désolée d'avoir été aussi désagréable, dis-je. J'imagine qu'avec la planification de la fête et le fait de ne pas savoir si les garçons allaient venir ou non, j'étais complètement stressée. Je ne voulais pas vous parler aussi brusquement, et j'ai vraiment détesté ne pas vous adresser la parole au cours des derniers jours.

Lara et Bianca hochent la tête et baissent les yeux.

— Je n'ai pas été très gentille non plus, reconnaît Bianca. Excuse-moi.

— Moi aussi, dit Lara. J'ai horreur des disputes!

Un sourire illumine soudain son visage.

— Mais je suis ravie qu'on soit de nouveau réunies, ajoute-t-elle.

Je baisse la tête et fixe la table.

— Je ne voulais pas avoir de fête sans que vous soyez là toutes les deux, dis-je dans un murmure.

Je sens mes yeux se remplir de larmes.

Lara me fait un câlin et, un instant plus tard, je sens les bras de Bianca se refermer autour de moi.

— J'étais sérieuse quand j'ai dit que je voulais que cette fête soit pour nous toutes, dis-je. Je me demandais ce que j'allais faire si vous ne veniez pas.

Nous descendons à la cuisine. Maintenant que nous nous sommes réconciliées, je pense que nous pourrions aider ma mère à éclaircir le mystère des bonbons haricots.

— L'affaire des bonbons haricots perdus est résolue! annonce ma mère en nous apercevant. Les bonbons ont été envoyés à l'autre bout du pays dans un club de loisirs de Vancouver. Le magasin nous en fera parvenir demain.

— Oh, merci! dis-je en laissant échapper un immense soupir de soulagement.

— Mais il nous faudra l'aide de tout le monde, continue ma mère. Nous devrons travailler rapidement pour remplir tous les contenants des cadeaux souvenirs demain après-midi.

Elle se tourne vers Bianca et Lara.

— Est-ce qu'on peut compter sur vous, les filles? Nous aurons besoin d'un gros coup de main!

— Absolument, répond Bianca avec le sourire.

— On y arrivera! renchérit Lara.

Je sens que ma chance tourne enfin. C'est en ajoutant un peu de sucre à des citrons qu'on fait de la limonade... l'une de mes saveurs de bonbons haricots préférées!

CHAPITRE 11

Je m'approche un peu plus du miroir de la salle de bains. Comment est-ce possible que le jour de mes 13 ans, le jour de ma fête d'anniversaire, je me réveille et trouve un énorme bouton sur mon menton?

Est-ce qu'il s'agit d'un rite de passage?

Plutôt une blague cruelle, me dis-je.

Je me précipite dans la chambre de mes parents. Mon père feuillette le journal au lit, alors que ma mère se prépare à aller courir. Elle a déjà mis son pantalon et ses souliers de course. Elle court même en hiver, ce que je trouve complètement fou.

— Bonjour, reine de la fête! lance ma mère en m'apercevant.

Je ne dis rien. Je marche simplement vers elle et désigne mon visage. Je suis incapable de prononcer un mot. Je suis en pleine crise de panique!

— N'y touche pas, dit ma mère. Un peu d'anticernes et rien n'y paraîtra. Mais n'y touche surtout pas, ou ce sera pire!

— Écoute ta mère, ajoute mon père caché derrière une section du journal. Tripoter un bouton ne fait qu'aggraver les choses.

Il jette un coup d'œil par-dessus son journal et me fait un clin d'œil.

— Bienvenue dans l'adolescence!

Super.

Mortifiée, je descends et fais les cent pas dans la cuisine. Je n'ai pas faim. Il est trop tôt pour m'habiller pour la fête. Et je jure que je peux sentir ce bouton grossir à chaque seconde qui passe.

— Viens courir avec moi, propose ma mère en entrant dans la cuisine. Ce sera amusant.

— Amusant?

Je ne suis jamais allée courir avec ma mère. Elle court des marathons et franchit de super longues distances. Pas vraiment mon genre.

— Viens, insiste-t-elle. C'est le moment idéal. Tes grands-parents, tante Julie et oncle Jean-François ne reviendront pas avant cet après-midi. Je serais ravie de passer un peu de temps avec toi avant la fête. Et je crois qu'un peu de course t'aiderait à dépenser ton surplus d'énergie.

Je regarde l'horloge sur le mur de la cuisine. Au moins, aller courir me permettra de tuer le temps.

— D'accord. Mais tu ne m'obligeras pas à courir vite!

Ma mère rit.

— Tu donneras le rythme.

Je remonte dans ma chambre et déniche mes souliers de course. J'enfile de vieux vêtements molletonnés et attache mes cheveux en queue de cheval. Je suis prête.

Les rues sont désertes et un peu glissantes à cause de la pluie matinale, mais l'air frais me fait du bien. C'est un matin parfait, frais et vivifiant.

— Qu'est-ce qui se passera si les bonbons haricots n'arrivent pas aujourd'hui? dis-je tandis que nous nous élançons sur le trottoir.

— Ils arriveront, répond ma mère calmement.

— C'est ce qu'on va voir, dis-je, inquiète. Je ne peux pas offrir des contenants de bonbons vides.

— Aller courir me fait toujours du bien, poursuit ma mère en changeant de sujet. Il y a quelque chose dans le fait de respirer à fond et de sentir tes pieds marteler la chaussée... Comment te sens-tu?

Étonnamment, je me sens plutôt bien. Je parviens à suivre ma mère, et j'éprouve une sensation grandissante de calme. J'arrive presque à comprendre pourquoi ma mère aime commencer sa journée en courant quelques kilomètres. Pourtant, c'est plus fort que moi; je pense aux bonbons haricots disparus et au bouton qui pousse sur mon menton.

— Je crois qu'on devrait rentrer et aller manger quelques crêpes, qu'en dis-tu? demande ma mère lorsque nous croisons de nouveau notre rue.

— D'accord.

Pour la première fois depuis longtemps, j'ai l'impression qu'on se comprend, ma mère et moi. Je lui ressemble peut-être davantage que je ne le croyais.

À notre retour, mon père et Océane sont dans la cuisine.

— J'ai des crêpes-sourires pour celle qui célèbre son anniversaire, lance mon père.

— Joyeux anniversaire, Cassandre, chantonne Océane.

— Merci.

J'avais presque oublié les crêpes-sourires de nos déjeuners d'anniversaire. Mon père ne sait préparer que deux choses (en fait, il ne sait retourner que deux choses) : les hamburgers et les crêpes. Mais il le fait très bien. Et il sert toujours des crêpes-sourires avec des pépites de chocolat pour les anniversaires.

— Tu n'es pas trop vieille pour ça, n'est-ce pas? demande-t-il en me tendant une assiette.

— Pas du tout, réponds-je en attaquant mes

crêpes.

Je parie que je ne serai jamais trop âgée pour cette petite gâterie d'anniversaire.

Le déjeuner est délicieux et, comble de bonheur, Océane me laisse prendre une douche avant elle! Il faut croire que les anniversaires poussent parfois les gens à poser des gestes inhabituels.

Lorsque je redescends, Barney me saute sur les genoux. Je remarque qu'il a une petite boîte accrochée à son collier! Mes parents me sourient tandis que je l'ouvre et découvre une délicate chaîne ainsi qu'un pendentif en forme de cœur serti d'un diamant. Mon premier diamant! Je m'empresse de passer la chaîne à mon cou, et je n'arrête pas de répéter à quel point je l'aime.

Océane me tend ensuite une enveloppe.

— J'ai pensé que ça te plairait, dit-elle.

J'ouvre l'enveloppe, m'attendant à trouver une carte drôle signée « Affectueusement, Océane ». C'est ce que j'ai reçu l'année dernière. Mais cette fois, il s'agit d'un chèque-cadeau pour une manucure à l'un des spas de la ville. Ma petite sœur a trouvé le cadeau parfait!

— Merci, Océane.

Elle rayonne de fierté.

— C'est elle qui en a eu l'idée, souligne ma mère.

Je me tourne vers elle.

— Maman, est-ce que je peux l'utiliser aujourd'hui?

Ma mère verse du café dans sa tasse.

— Bien sûr! répond-elle. D'ailleurs, nous devrions y aller en famille. Je vais appeler tout de suite pour prendre rendez-vous.

— Non, merci, lance mon père de la pièce voisine.

J'éclate de rire.

Une fois douchées et habillées, ma mère et Océane me rejoignent en bas, et nous nous rendons au spa Zen. Je commence à me détendre dès l'instant où je franchis la porte. Le parfum de lavande me rappelle la lotion de ma mère dans la salle de bains, et les canapés blancs dans la pièce paraissent ultra-confortables. On trouve un peu partout de petites vases remplis de tulipes violettes. J'adore cet endroit!

— Bonjour, dit la réceptionniste. Tu dois être celle qui célèbre son anniversaire! Je vous en prie, suivez-moi.

Ma mère, Océane et moi nous laissons guider jusqu'au fond de la pièce.

— Choisissez une teinte, puis je vous indiquerai où vous installer.

Je contemple la vitrine remplie de flacons de vernis de toutes les couleurs. Je n'en ai jamais vu autant, il y a deux tablettes complètes rien que pour les rouges!

— Un rose pâle peut-être? suggère ma mère en

soulevant une petite bouteille.

— Hum… dis-je en examinant l'éventail de teintes.

Je prends un flacon de rose satiné et un peu iridescent, et le retourne pour regarder le nom en dessous.

— Celui-là me paraît bien. Il s'appelle « Célébrations ».

Océane choisit un rose vif, et ma mère opte pour un rouge foncé. Nous nous assoyons sur le canapé telles des princesses pendant que trois dames vêtues de blouses violettes nous font les ongles.

— C'était une idée géniale, Océane, dis-je. Merci beaucoup!

— Joyeux anniversaire, répond-elle en souriant.

Océane n'est peut-être pas si détestable que ça, après tout.

À notre retour à la maison, les boîtes de *La Planète Bonbon* nous attendent! Je m'élance pour regarder ce qu'il y a dedans. Ils sont là! Des bonbons haricots de toutes les couleurs de l'arc-en-ciel. Jamais des bonbons haricots ne m'ont paru aussi délicieux.

— J'attendais qu'on me donne des instructions, dit mon père debout dans l'embrasure de la porte de la salle à manger.

— Il nous faut de la main-d'œuvre, déclare ma mère en jetant un coup d'œil aux contenants sur la table. Cassandre, peux-tu appeler Lara et Bianca?

Comme promis, elles nous rejoignent immédiatement, prêtes à aider.

Le bruit de tous ces bonbons haricots que l'on verse dans les contenants de plastique est un son doux à mon oreille!

— C'est une excellente d'idée d'offrir des bonbons haricots comme cadeau souvenir, dit Lara en remplissant un contenant de friandises.

— Par contre, je n'aime pas les blancs avec les taches jaunes, observe Bianca.

Elle fait la grimace en avalant.

— C'est la saveur « maïs soufflé au beurre », dis-je en riant. Ce n'est pas l'une de mes préférées non plus.

Une fois les cadeaux souvenirs prêts et remis dans les boîtes, je dis au revoir à Lara et Bianca. Tandis qu'elles retournent chez elle pour se changer, je monte dans ma chambre me préparer. Toutes les choses à faire sur ma liste ont été cochées. Je n'ai plus qu'à m'habiller et à me rendre à la fête!

Je n'arrive pas à croire que le moment est enfin arrivé. Maintenant que mes amies et moi avons fait la paix, que la question des cadeaux souvenirs est réglée, que les garçons sont certains de pouvoir venir et que j'ai trouvé la tenue parfaite, je suis prête à faire la fête. Je sèche mes cheveux en les lissant et enfile mon ensemble violet. Pour la première fois, j'ai réellement l'impression d'être une adolescente.

Je pose ensuite le diadème sur ma tête, et là, j'ai l'impression d'être une princesse... une princesse avec un bouton sur le menton!

Juste au bon moment, ma mère entre dans ma chambre avec sa trousse de maquillage. Toute ma vie, j'appellerai cette trousse « la trousse magique ». Grâce à quelques traits d'anticernes, le bouton qui avait des allures de drapeau rouge devient complètement invisible.

— Cassandre, tu es superbe, dit ma mère.

Je ne peux faire autrement que remarquer les larmes dans ses yeux.

— Merci, dis-je en la serrant dans mes bras.

À bien y réfléchir, elle n'a pas grand-chose en commun avec Godzilla.

Une fois qu'elle est sortie, je contemple mon reflet dans le grand miroir derrière ma porte. Un sourire éclaire mon visage. J'ai 13 ans et je suis sur le point d'assister à la fête la plus réussie de l'année! Et tant pis si Charlie est là. Aujourd'hui, c'est ma journée!

Maintenant, la touche finale : je mets mes nouveaux souliers à talons. Je suis prête... sauf que mes pieds commencent à m'élancer dès que je marche de ma penderie à la porte de ma chambre. *Il faut souffrir pour être belle,* me dis-je en essayant d'imaginer ce que Lara et Bianca diraient. J'ouvre le tiroir de ma commode et prends une paire de chaussettes, au cas où.

En arrivant au Café Riviera, je constate que le personnel s'affaire à finaliser la décoration de la salle. Sur chaque table se trouvent un bouquet de ballons et un panier débordant de bonbons. De plus, Sylvia a disposé tout autour de la salle de gros seaux argentés remplis de friandises. C'est vraiment chouette!

— Ça alors! fait mon père en entrant dans la salle.

— *Cooool!* fait Océane d'une petite voix perçante derrière lui.

Je me contente de sourire.

J'aperçois Maxime dans sa cabine de D.J., tout de noir vêtu et l'air super décontracté. Il me gratifie d'un sourire éblouissant.

— Hé, mais c'est l'héroïne du jour! lance-t-il en me saluant de la main. J'ai reçu la liste de tes chansons préférées, et on est fin prêts pour une fête du tonnerre.

— Excellent!

Je jette un coup d'œil au coffret de CD argenté ouvert derrière lui. Je fronce les sourcils en examinant les étiquettes, et je sens ma gorge se serrer.

— Euh, Maxime?

J'ai la gorge tellement sèche que j'ai de la difficulté à parler. J'indique simplement le coffret du doigt. Je ne suis pas D.J., mais je suis convaincue que ce n'est pas avec un coffret de Frank Sinatra qu'il va enflammer la salle. Vraiment pas.

Maxime se penche vers le coffret.

— Oups, dit-il en riant. J'ai dû prendre la mauvaise mallette dans ma voiture. Ne t'inquiète pas, Cassandre. Je ne les ferai pas jouer ce soir!

Je pousse un grand soupir de soulagement.

— J'étais sur le point de faire ma deuxième crise de panique de la journée!

Et juste au moment où je prononce ces mots, les lumières s'éteignent.

Le Café Riviera est plongé dans le noir.

— Ne bougez pas! s'écrie Sylvia. La lumière revient dans une minute.

Est-ce encore le fameux chiffre 13 qui fait des siennes?

À quoi ressemblerait une fête d'anniversaire sans musique ni lumières? Plissant les yeux dans l'obscurité, je pivote pour voir où se trouve Sylvia. Mais soudain, je me tords la cheville et perds l'équilibre sur mes souliers à talons neufs. Je tends les bras pour chercher un appui... et ma main heurte un plateau sur la table tout près. Même s'il fait noir, je sais déjà que je viens de commettre une grosse erreur.

Le plateau tombe sur le sol avec un *flac*! Je pousse un cri et m'écarte vivement, mais pas assez loin. À mesure que mes yeux s'habituent à l'obscurité, je peux distinguer l'étendue des dégâts. J'ai renversé un plateau de mini-boulettes de viande.

Mon cœur se met à battre plus vite. Encore une fois, c'est le désastre!

Il y a de la sauce rouge partout. Sur la table, sur le plancher... et sur ma jupe violette toute neuve. Je cours tant bien que mal jusqu'aux toilettes à peine éclairées par deux indicateurs de sortie.

Respire, me dis-je en faisant de mon mieux pour ne pas pleurer.

Ma mère et tante Julie me suivent de près, munies de lampes de poche.

— La sauce est seulement sur la jupe, dis-je en dirigeant le faisceau sur moi. Il nous faut de l'eau gazeuse et des essuie-tout.

Même dans la lumière tamisée, je remarque l'expression de surprise de ma mère.

— Maman, quand on prépare une fête, il faut s'attendre à avoir des désastres.

— Je m'en occupe, déclare tante Julie en s'élançant hors des toilettes.

J'enlève ma jupe et la tends à ma mère.

— Éponge, ne frotte pas, dis-je en récitant le texte de l'article « Guide d'urgence d'enlèvement des taches ».

Ma mère hoche la tête et suit tante Julie.

Quelques secondes plus tard, Lara et Bianca entrent dans les toilettes en courant, leurs chaussures résonnant sur le carreau. À la lueur de l'indicateur de sortie, je constate qu'elles sont toutes les deux ravissantes. Lara porte une magnifique robe rose à bretelles et Bianca, une minirobe noire.

— Est-ce que ça va? demande Bianca en se précipitant vers moi. Qu'est-ce qui s'est passé?

Je me mords la lèvre pour ne pas pleurer.

— Tout va bien, dis-je en m'efforçant de conserver mon calme.

— Tiens, dit Lara en fouillant dans son sac. Mets cette jupe de tennis.

Elle sort une jupe jaune de son sac et me la tend.

— Elle est propre, précise-t-elle. Je ne suis pas allée au tennis vendredi à cause du fiasco des bonbons haricots.

Je la dévisage, totalement incrédule. Elle transporte réellement avec elle un sac magique et sans fond. Je fais secrètement le vœu de ne plus jamais me moquer de son gigantesque sac à main.

— Quel désastre, gémit Bianca. La fête n'a même pas encore commencé, et déjà c'est le gâchis.

— Bianca! s'écrie Lara. Ne dis pas ça.

Elle passe son bras autour de mes épaules.

— Personne ne remarquera la sauce sur ta jupe.

Une vague de panique menace d'emporter mon

calme fragile. J'imagine les invités escortés jusqu'à leur table avec une lampe de poche et s'assoyant en silence, s'ennuyant à mourir. Je tortille une mèche de cheveux autour de mon doigt et fais le souhait de retrouver une jupe propre et de la lumière. Est-ce trop demander quand on fête son anniversaire?

— Les choses vont s'arranger, n'est-ce pas? dis-je.

Lara s'assoit à côté de moi et me prend la main.

— La fête n'a pas encore commencée. Nous avons le temps de régler tout ça, me rassure-t-elle.

— Elle a raison, ajoute Bianca. Les lumières vont se rallumer et ta jupe sera comme neuve. Tout sera parfait.

Je veux bien croire mes amies, mais lorsqu'on se retrouve au bord des larmes dans les toilettes du Riviera, vêtue d'une jupe de tennis, les choses sont loin d'être parfaites.

CHAPITRE 12

— Les invités arrivent! s'exclame Océane en poussant la porte des toilettes. Deux personnes viennent d'entrer.

Avant d'avoir fini de me rapporter ce qui se passe, elle aperçoit son reflet sombre dans l'un des miroirs au-dessus des lavabos. Elle défroisse sa robe noire neuve et porte une main à ses cheveux retenus en arrière par une barrette.

— Sérieusement, Cassandre, il faut que tu viennes, insiste-t-elle.

Mais je n'irai nulle part dans cet état-là.

Je m'essuie les yeux avec un papier-mouchoir sans penser que j'ai du mascara. Je jette un coup d'œil dans le miroir. Maintenant, j'ai l'air d'un raton laveur.

— Il y a de la lumière en avant de la salle, mais le fond est toujours plongé dans le noir, continue Océane. Sylvia a déposé de petites bougies un peu partout. À vrai dire, c'est très joli.

— Qui est arrivé? demande Bianca.

Océane hausse les épaules.

— Deux filles. Je ne les connais pas. Papa est en train de leur parler.

Zut. Il faut que je sorte d'ici, et vite.

La main de Lara se resserre autour de la mienne, et elle m'adresse un sourire encourageant.

— Viens. Allons voir qui est là, m'encourage mon amie.

Je m'approche du miroir et frotte les traces noires sous mes yeux. J'ouvre le sac scintillant que tante Julie m'a offert et prends mon nouveau rouge à lèvres. Si je dois sortir des toilettes, autant être jolie! Je fais une dernière vérification dans le miroir.

Le bouton est toujours bien camouflé.

Mon rouge à lèvres est appliqué.

Je suis prête.

Il ne manque que la jupe violette.

— Ta jupe est presque sèche, dit ma mère en entrant dans les toilettes et en tenant ma jupe devant l'un des sèche-mains. Tu pourrais aller voir qui est arrivé et revenir tout de suite après. Tu pourras enfiler ta jupe dans quelques instants.

J'acquiesce d'un signe de tête. Je suis impatiente de voir qui est déjà là! De plus, je veux épargner à mes invités l'embarras de devoir discuter avec mon père.

Je suis Lara et Bianca à l'extérieur des toilettes et me place près de la table roulante sur laquelle on a posé le gâteau, dans un coin de la salle. Marianne et Maéva bavardent avec mon père, et Lara et Bianca vont les rejoindre. Ouf!

Maxime a sûrement réussi à changer le fusible, car tout à coup la musique se met à résonner dans les haut-parleurs, et les lumières se rallument en vacillant. Juste au bon moment! Comme Océane l'a mentionné, les bougies créent une ambiance chaleureuse dans la salle, et l'endroit paraît à la fois chic et sympathique. Je regarde le buffet où j'aperçois des plateaux de doigts de poulet, de mini-hamburgers, de mini-boulettes de viande et de pâtes. Mon rêve d'avoir une fête sophistiquée, avec un vrai menu, et non de la pizza comme à tous les anniversaires, est en train de se réaliser.

C'est la fête d'anniversaire que j'attends depuis si longtemps… et c'est maintenant!

— Cassandre, dit ma mère en me tapotant l'épaule. La jupe est sèche. Tu peux la remettre.

Elle sourit.

— Et juste à temps, en plus. Tu as d'autres amis

qui arrivent.

Je retourne dans les toilettes et enfile la jupe violette. Rien n'y paraît! Je me regarde dans le miroir. Je suis prête à aller accueillir mes invités.

En me retournant, j'aperçois ma mère dans la porte.

— Joyeux anniversaire, dit-elle en m'étreignant.

Je ferme les yeux.

— Merci, maman. Pour la fête, l'ensemble... tout.

Elle m'embrasse sur le front.

— Allez, va t'amuser.

Dès que je sors des toilettes, Sylvia surgit à côté de moi.

— L'électricité est revenue, annonce-t-elle. Désolée de t'avoir fait peur!

— Tout est fantastique! dis-je.

Maintenant que j'ai retrouvé ma jupe, que les lumières se sont rallumées et que Maxime m'a promis de ne pas faire jouer Frank Sinatra, je me sens mieux. Beaucoup mieux.

Jusqu'au moment où Dimitri fait son entrée.

Mon cœur se met à battre plus vite. Mes paumes deviennent toutes moites. C'est le moment que j'attends depuis si longtemps! Juste derrière Dimitri se tient le reste de l'équipe de soccer, et je constate que les garçons se sont tous faits beaux. Tandis qu'ils s'approchent, je remarque que les cheveux de Dimitri sont encore mouillés.

— Joyeux anniversaire, Cassandre, dit-il.

— Merci, dis-je en me forçant à répondre.

Pas de silences gênés pour moi ce soir. C'est mon anniversaire! J'ignore si c'est l'ensemble violet ou si le fait que ce soit ma fête, mais je parviens à poser une question.

— Comment s'est passé le match?

— On a gagné, répond Dimitri avec un grand sourire.

Ses yeux verts étincellent.

— Félicitations, dis-je en souriant à mon tour.

Je me demande si je devrais lui avouer que j'ai suivi de très près les résultats de son équipe durant les éliminatoires. Mon estomac se contracte et je fixe mes pieds, qui me font atrocement mal avec mes nouveaux souliers. Je meurs d'impatience de les enlever pour aller danser. J'ai l'impression d'être plus grande que tous les garçons.

— Tu es... euh... grande, dit Dimitri.

J'imagine qu'il se sent petit à côté de moi.

— Et... et jolie, ajoute-t-il en bredouillant.

Je souris. Il semble un peu nerveux, lui aussi, et ça me rassure.

Romain s'avance à son tour.

— Cet endroit est super, dit-il en regardant autour de lui. Franchement super.

Je crois que c'est la première fois que Romain

s'adresse à moi avec une phrase complète.

Au même moment, la voix de Maxime retentit dans la salle.

— Bienvenue à la fête d'anniversaire de Cassandre! Que la fête commence!

Le rythme de la musique résonne dans les haut-parleurs. Bianca et Lara accourent vers moi.

— J'adore cette chanson! s'exclame Lara en me prenant la main. Allons danser.

Et comme seule Bianca peut le faire, elle agite le bras pour attirer l'attention de Romain, Dimitri, Malik et Grégory.

— Venez, c'est une bonne chanson!

Exactement comme un chien de berger rassemble son troupeau, Bianca réussit à faire venir tout le monde sur la piste de danse. Une boule disco au centre du plafond jette des lueurs scintillantes dans la pièce.

Toutes les filles enlèvent leurs chaussures avant de danser. Mes talons sont peut-être jolis et chics, mais je me sens beaucoup mieux avec les pieds bien au sol.

Bientôt, nous formons un grand cercle sur la piste. Même si personne ne danse vraiment en couple, Dimitri est à côté de moi. Il bouge à peine, même si le reste d'entre nous danse énergiquement au son de la musique. J'ai l'impression qu'il est beaucoup plus à l'aise sur un terrain de soccer que sur une piste de danse. Mais ça ne me dérange pas. Il est là, à côté de moi. Peut-être que c'est mon arc-en-ciel après la pluie?

Puis l'une de mes plus grandes peurs se concrétise.

Du coin de l'œil, je vois mon père faire virevolter ma mère sur la piste de danse! J'ai envie de me réfugier sous l'une des tables dispersées dans la salle. Je veux me cacher derrière les bouquets de ballons. Je veux disparaître!

Et exactement comme si nous étions chez nous, dans la cuisine, mon père se met à glisser, à tournoyer et à balancer les hanches. Ma mère rit et danse avec lui de bon cœur. J'essaie désespérément de lui faire signe pour qu'elle empêche mon père de m'embarrasser davantage!

— Ce sont tes parents? me demande Dimitri en se penchant vers moi.

Il est si près que je peux sentir son shampoing. J'en ai le nez qui pique et la tête qui tourne. Mais il me ramène brusquement à la réalité en désignant les deux clowns au milieu de la piste.

Je me contente de faire signe que oui. Je suis sans voix. Je ne peux pas nier que ce sont mes parents.

— Il est tordant, dit Dimitri en souriant.

— C'est ton père? demande Romain en dansant

vers moi.

De nouveau, je hoche la tête. Que puis-je faire d'autre?

— C'est un très bon danseur, ajoute Malik.

Il hoche la tête d'un air approbateur.

— Épatant.

Avant que je comprenne ce qui se passe, mes amis entourent mes parents et les encouragent de leurs applaudissements.

Trouvent-ils réellement *cool* que mes parents soient aussi ridicules?

Juste à l'instant où je me dis que ça ne pourrait pas aller plus mal, mon père vient vers moi en dansant et me tend la main. Oh non! Je regarde brièvement ma mère, puis de nouveau mon père. Il a une mine tellement loufoque que je capitule et lui prends la main.

Je me laisse entraîner par le rythme de la musique en essayant de ne pas penser à tous ces yeux rivés sur moi. Ses expressions cocasses me font rire tandis qu'il danse, et je commence à trouver que ses pas ne sont pas si mauvais, après tout. Il s'amuse bien et, lorsque j'arrive à me détendre un peu, je constate que je m'amuse aussi.

— De super danseurs pour une super chanson! lance Maxime dans les haut-parleurs une fois la chanson terminée. Applaudissons très fort Cassandre et son père!

Tout le monde applaudit et mon père me fait tournoyer. Je le serre fort contre moi.

— Merci, papa.

— Promets-moi une autre danse un peu plus tard, d'accord? demande-t-il.

— Ça marche!

Je me retourne pour danser avec mes amis et me retrouve à côté de Romain. Dimitri est de l'autre côté de la piste, et ce serait trop évident si j'essayais de m'approcher de lui. La prochaine fois!

— Hé, les danseurs! lance Maxime au moment où la chanson s'achève. Tout le monde en place pour le jeu de Coke et Pepsi!

— Oh, ce jeu est super amusant, dit Lara. On y a joué à la bar-mitsva de mon voisin!

Je me tiens au milieu des invités sur la piste de danse, attendant les instructions. Dimitri est toujours à l'autre bout, et je n'arrive pas à attirer son attention. Je me demande à quoi il pense. A-t-il la moindre envie de danser avec moi?

— Trouvez un partenaire, dit Maxime. Il me faut deux rangées, et chaque danseur doit faire face à son partenaire.

Quelqu'un me prend la main. En levant les yeux, j'ai la surprise d'apercevoir Alex! J'ai failli ne pas le reconnaître sans sa casquette de baseball. Je n'avais pas réalisé que ses cheveux bruns ondulaient et lui tombaient sur le front. D'habitude, ils sont plutôt plaqués sur sa tête à cause de sa casquette. Sans elle, je peux voir que ses yeux bleus sont mouchetés d'orangé.

Alex sourit et m'entraîne au bord de la piste.

À l'autre bout de la salle, je reconnais une silhouette à la lueur de l'indicateur de sortie. C'est Charlie. Elle porte une robe bustier rose qui n'a pas du tout l'air ridicule sur elle.

— Je joue pour gagner, tu sais, dit Alex en interrompant mes pensées.

— Moi aussi, dis-je en me mettant en position.

Je suis heureuse qu'Alex soit là pour m'empêcher de trop penser à Charlie. Du coin de l'œil je vois Dimitri s'éloigner de la piste de danse. J'en conclus qu'il ne veut pas jouer.

De nouveau, la voix de Maxime se fait entendre.

— Je vais mettre la musique, dit-il, et lorsque je crierai « Coke », les danseurs de la rangée de gauche devront courir vers leur partenaire. Il s'agenouillera de façon que vous puissiez vous asseoir sur ses genoux. Quand je crierai « Pepsi », ce seront les danseurs de la rangée de droite qui devront aller s'asseoir sur les genoux de leur partenaire. Si je crie « Seven-Up », vous continuez à danser dans votre rangée jusqu'à ce que je dise « stop! ». Tous ceux que je verrai bouger seront éliminés. Vous êtes prêts?

— Oui! s'écrient les invités sur la piste de danse.

— Vas-y, Cassandre! me lance Alex dans l'autre rangée. On peut gagner!

Bianca et Lara se trouvent de chaque côté de moi. Grégory fait face à Bianca, et Malik à Lara. Je parcours la salle des yeux à la recherche de Dimitri. Où est-il allé?

J'oublie Dimitri dès que la musique commence. C'est difficile de penser à autre chose que Coke et Pepsi! Alex danse plutôt bien, et il est le partenaire idéal pour ce jeu. Lorsque la chanson se termine, je suis épuisée d'avoir autant couru d'une rangée à l'autre. Nous tenons bon pendant quelque temps, mais ce sont Bianca et Grégory qui finissent par gagner. En guise de prix, Maxime remet à chacun une énorme paire de lunettes bleues.

— Tu veux boire quelque chose? me propose Alex.

— Merci, dis-je, surprise. Ce serait bien.

Tout en regardant Alex s'éloigner, j'éprouve une sensation bizarre au creux de mon estomac. Avant que j'aie pu réfléchir à ce qui vient de se passer, Bianca et Lara se jettent pratiquement sur moi.

— Tu semblais bien t'amuser avec Alex, observe Bianca.

— Bianca, c'est Dimitri qu'elle aime, murmure

Lara en me décochant un regard complice.

Bianca hausse les sourcils et secoue la tête.

— Hum...

Avant qu'une ou l'autre ne puisse ajouter quelque chose, Alex revient et me tend un verre de boisson gazeuse.

— Je ne sais pas si c'est du Coke ou du Pepsi, dit-il en m'adressant un clin d'œil, mais ce n'est sûrement pas du Seven-Up.

Il rit.

— On gagnera la prochaine fois, Mérineau.

Personne ne m'a jamais appelée par mon nom de famille. Sans trop savoir pourquoi, je rougis alors qu'il s'éloigne.

— Mignon, dit Bianca, le visage rayonnant de joie.

— Qui l'aurait cru? dit Lara.

Mais je ne les écoute pas. Mon attention se porte vers quelque chose (ou plutôt quelqu'un) de l'autre côté de la salle. Charlie est toujours dans le coin, mais elle parle maintenant avec Dimitri.

— Est-ce qu'ils ont parlé tout le temps du jeu?

Bianca hausse les épaules.

— Je ne pense pas que Dimitri soit du genre bavard.

— Mais Charlie, oui! dit Lara en riant.

Maxime revient au micro et invite tout le monde sur la piste pour le limbo. Pendant qu'à tour de rôle, nous arquons le dos pour passer sous le bâton placé à l'horizontale, j'essaie de ne pas penser à Dimitri et Charlie. À la fin de la chanson, je me retourne et aperçois Dimitri qui vient vers moi.

— Salut, dit-il. Veux-tu danser?

J'ai l'impression que je vais fondre, et ce malgré le regard glacial que Charlie pose sur moi à l'autre bout de la salle.

— Bien sûr.

Et pour une fois, je me fiche réellement de ce que Charlie peut penser.

Dimitri et moi rejoignons la piste. Maxime fait jouer une ballade. Je sens mes mains devenir toutes moites de sueur, et je ne sais pas trop quoi faire. Dimitri hausse les épaules et me prend par la taille, suivant l'exemple de certains garçons autour de nous. Je pose mes mains sur ses épaules, et nous nous balançons au rythme de la musique. Je ferme les yeux et prends une grande respiration. C'est le moment dont j'ai tant rêvé!

Mais peu à peu, je constate que danser avec Dimitri, c'est comme danser avec un épouvantail. Il se tient raide et ne suit pas le rythme. Pire encore, il ne dit pas un mot. En fait, il ne me regarde même pas! Trop occupé à garder un œil sur ses amis qui ne dansent pas, il ne m'accorde pas la moindre attention.

C'est donc ça, le moment magique?

Lorsque la musique s'arrête, je pousse un soupir. J'ai eu ma leçon : si je dois vivre un moment magique, il me faudra trouver un autre partenaire.

— Je vais me chercher à boire, annonce Dimitri, mal à l'aise.

Il ne me demande pas si je veux quelque chose comme Alex l'a fait.

Tandis qu'il s'éloigne tranquillement, Lara et Bianca viennent me retrouver.

— Ce n'était pas le moment magique que tu espérais? demande Lara.

— Pas vraiment, dis-je.

Bianca pousse un petit cri triomphant.

— Ah, ah! Je le savais! C'est Alex, n'est-ce pas?

— Toi et ton sixième sens! dis-je en souriant.

Comment peut-elle être au courant, alors que je viens à peine de découvrir qu'Alex me plaît? C'est mon ami depuis toujours. Je n'aurais jamais imaginé que c'est avec lui que je pourrais vivre un moment magique sur la piste de danse. Qui l'aurait cru?

— Parfois, déclare Bianca pensivement, ces choses-là ne sont pas évidentes. Mais j'avais remarqué quelque chose.

— Pfft! dis-je en la poussant doucement du coude. C'était totalement inattendu!

Un passage de l'un des articles que j'ai lus pour préparer la fête me revient soudain à la mémoire : « Attendez-vous toujours à l'inattendu. »

Sur le coup, je n'avais pas compris ce que ça voulait dire. Mais maintenant, je le sais!

CHAPITRE 13

— On est déjà à la moitié de la fête! s'exclame Lara en me faisant signe de les rejoindre à notre table.

Elle indique sa montre rose vif.

— Le temps passe tellement vite!

Elle ouvre son contenant de bonbons et en verse une poignée au creux de sa main.

— La moitié, déjà? dis-je.

Je regarde Alex qui sirote une boisson gazeuse de l'autre côté de la salle. Je remarque à quel point il est séduisant avec sa chemise bleue et son pantalon kaki.

— C'est une fête très réussie, dit Marianne en me tirant de ma rêverie.

— Et j'adore les bonbons haricots, ajoute Maéva. Tu as choisi un thème extraordinaire.

— Merci, dis-je en balayant la salle du regard.

Tous les invités dansent, mangent et semblent bien s'amuser.

Lara prend un autre bonbon.

— Tu vois, je t'avais dit que tout s'arrangerait!

— Et il nous reste encore plein de temps pour danser, dit Bianca en esquissant quelques pas de danse.

Elle jette un coup d'œil vers l'estrade du D.J.

— Maxime est un D.J. épatant. Et il est charmant, en plus!

— Bianca! fait Lara d'un ton faussement indigné.

Elle lui donne une petite tape sur la tête.

— Pas encore un autre béguin?

Un grand sourire se dessine sur le visage de Bianca.

— Venez, retournons sur la piste.

— Je te suis, dis-je.

J'ai passé beaucoup trop de temps à rêver de cette fête pour ne pas en profiter pleinement. Dès que je m'avance sur la piste, la voix de Maxime résonne dans la salle.

— En place pour un autre jeu! Trouvez tous un partenaire!

Je reste figée pendant un moment. Il n'y a véritablement qu'un seul garçon que je veux avoir comme partenaire.

Et le voilà justement.

— Cassandre, veux-tu qu'on fasse équipe encore une fois? demande Alex en réapparaissant à côté de moi.

— Seulement si tu es prêt à gagner, dis-je en haussant un sourcil.

Alex rit, et mon cœur s'emballe.

En regardant autour de moi, je vois que Dimitri se tient tout près de Charlie, mais que ça n'a pas l'air de lui faire plaisir. Et bizarrement, je m'en moque.

— OK, les danseurs! dit Maxime. Je vais faire jouer de la musique, et quand elle s'arrêtera, vous devrez rester immobiles, votre partenaire et vous. Si l'un de vous bouge, vous serez tous les deux éliminés.

— Tu es sûrement très bonne à ce jeu, n'est-ce pas? demande Alex.

— Pas mal, dis-je avec un grand sourire.

— On n'a pas droit à trois prises à ce jeu, dit Alex. Alors, sois attentive!

Le jeu commence, et Alex me surprend complètement. Il se balance au rythme de la musique et fait le bouffon, comme mon père. Il est lui-même, tout simplement. La première fois qu'il faut rester immobile, j'ai beaucoup de mal à garder mon sérieux, car il n'arrête pas de me faire rire!

Maxime allume la machine à bulles, et Alex et moi tentons de les faire éclater tout en dansant. Quand la musique s'arrête et que nous devons rester immobiles, je me sens exactement comme la fille sur la photo du catalogue. Il s'agit bel et bien de mon moment magique. Il ne se déroule peut-être pas comme je l'avais prévu, mais je ne l'échangerais pour rien au monde.

La musique reprend, et j'essaie d'imiter les mouvements ridicules d'Alex. Lorsqu'elle s'arrête, nous sommes tous les deux debout sur un pied, les mains en l'air. Un seul regard, et nous éclatons de rire.

Nous sommes éliminés, mais ça ne fait rien.

— Je te rapporte quelque chose à manger? me demande Alex tandis que nous quittons la piste de danse.

— D'accord.

J'essaie de me rappeler la dernière fois où Alex a été aussi poli. Ou peut-être l'a-t-il toujours été, mais je ne l'ai jamais remarqué? Je le regarde traverser la salle et se diriger vers la table du buffet.

Des cris et des applaudissements venant de la piste de danse attirent mon attention. J'aperçois Maxime qui lève les mains de Bianca et de Grégory en signe de victoire. Ils ont encore gagné!

Au même moment, je vois Charlie s'approcher. Elle marche comme si elle allait subir le supplice de la planche sur un bateau de pirates, et ne semble pas très heureuse de plonger dans l'eau froide.

— Joyeux anniversaire, dit-elle d'un ton impassible.

Curieuse de savoir si ses parents l'ont obligée à venir me voir, je regarde autour de moi pour vérifier si on nous observe. Mais non!

— Merci, dis-je enfin en m'efforçant de me comporter en adolescente raisonnable. Tu t'amuses bien?

— Oui, c'est une fête géniale.

Elle sourit, l'air vaguement soulagée. J'imagine que je ne fais pas si peur que ça!

— Mieux que le thème Fairytopia, n'est-ce pas? ajoute-t-elle avec un sourire.

Je ne me souviens pas de la dernière fois où j'ai vu Charlie sourire comme ça. Habituellement, sa bouche enduite de brillant à lèvres forme une moue permanente, comme celle de Dylane et de Jordane. J'avais même oublié qu'elle avait deux fossettes quand elle souriait.

— Tu avais le même thème que moi cette année-là, dis-je en lui rendant son sourire.

Pendant une fraction de seconde, on se croirait

revenues dans le passé.

— Oui... on était différentes dans ce temps-là, déclare-t-elle avant de baisser les yeux et de fixer ses ballerines argentées.

— Oui, c'est vrai.

Pour la première fois depuis longtemps, ça ne m'ennuie pas qu'on soit différentes. J'ai deux grandes amies sur qui je peux compter. Même quand on se dispute, on trouve le moyen de se réconcilier. Toutes les amitiés ne doivent pas nécessairement se terminer de la façon dont Charlie a brisé la nôtre. En fait, certaines amitiés durent toute la vie. Et, comme je me dis en regardant Alex déposer avec précaution la nourriture dans deux assiettes, certaines prennent une autre forme.

— J'espère que tu t'amuseras bien ce soir.

— Toi aussi, répond Charlie.

— Je suis contente que tu aies pu venir.

Et je le pense sincèrement. En rejoignant Alex pour lui donner un coup de main avec les assiettes, je ne peux pas m'empêcher de sourire.

Quelques chansons et un tas de mini-boulettes plus tard, mes parents poussent la table roulante sur laquelle se trouve le gâteau jusqu'au centre de la piste de danse.

— C'est le moment de servir le gâteau, annonce

160

tante Julie en s'approchant de moi. Prête?

J'acquiesce et la suis jusqu'au milieu de la piste pendant que les invités chantent « Joyeux anniversaire! » Je me sens comme une vedette de cinéma sur le tapis rouge. Tout le monde prend des photos, et les flashs m'aveuglent. Il y aura une tonne de photos pour immortaliser ce moment, mais je sais que je n'oublierai jamais ce que je ressens, là, debout devant mon gâteau d'anniversaire. Je n'aurai pas besoin de photo pour m'en souvenir. Je souris à Bianca et Lara, à mon père et à ma mère, et même à Océane. Lorsque j'aperçois le visage souriant d'Alex, mon sourire s'épanouit encore davantage.

Je ferme les yeux et fais le vœu de toujours me souvenir de ce moment. Puis je souffle mes 13 bougies. (Plus une pour la chance!)

— Tout le monde sur la piste de danse! lance Maxime tandis que Sylvia ramène la table roulante vers le buffet pour qu'on coupe le gâteau.

Il fait jouer l'une de mes chansons préférées.

— Si vous voulez souhaiter à Cassandre un joyeux anniversaire, venez la rejoindre sur la piste!

Alors que ma chanson résonne dans les haut-parleurs, je regarde mes amis et ma famille tout autour de moi. Je n'en reviens pas de la chance que j'ai! Alex danse à côté de moi (il n'est pas que planté

161

là, il danse vraiment), j'ai fait la paix avec Charlie, Lara et Bianca sont toujours mes meilleures amies, et je suis enfin une adolescente.

Qui a dit que le nombre 13 portait malheur? J'ai l'impression de flotter sur un arc-en-ciel aux couleurs de toutes les saveurs de bonbons haricots du monde!

Enfin, j'ai 13 ans!

un mot sur l'auteure

Helen Perelman a organisé quelques fêtes qui ont frôlé le désastre, mais la fête d'anniversaire de ses 13 ans, dont le thème était les bonbons haricots, a été... un vrai délice! Elle vit à New York avec son mari et ses deux filles.